# 달빛 드는 창

대한문인협회 경기지회 동인문집 / 제2집

시음사
시사랑음악사랑

## 대한문인협회 경기지회
### 동인지 제2집 출간을 축하하며

신록이 짙어지는 싱그러운 계절에 창간호 『햇살 드는 창』을 발간한 지 5년여 만에 제2집 『달빛 드는 창』을 발간하게 되어 문우 여러분께 진심으로 감사드립니다.

전 세계를 강타한 펜데믹으로 경제가 침체되고 문학 나눔이 자유롭지 못한 안타까운 현실에서 장기간 경기지회 문우들을 뵙지 못하는 아쉬움과 사그라드는 창작의 불씨를 지피고자 제2집 『달빛 드는 창』을 발간하게 되었으며 임원진의 수고와 회원들의 적극적인 참여 덕분으로 문학에 대한 열정이 깃든 의미 있는 동인지를 출간하게 되었습니다.

삶은 봄, 여름, 가을, 겨울이라 생각해 봅니다. 동인 51인의 각기 다른 삶의 터전에서 다채로운 빛깔로 삶의 사계(四季)를 펜

끝에 영혼을 담아 진솔하게 써 내려간 옥고(玉稿)는 시들지 않는 꽃이 되어 은은한 향기로 온 누리에 퍼져 누군가의 가슴에 따뜻한 위안과 희망으로 안기는 잔잔한 울림이 되리라 기대해 봅니다.

대한문인협회 경기지회 문우들과 함께 엮은 제2집 『달빛 드는 창』 출간을 축하하며 환한 미소로 뵐 수 있는 날이 하루속히 오기를 염원하며 아울러 문우님들의 건강과 행복을 빌며 앞으로도 좋은 작품 집필하시기를 바랍니다.

감사합니다.

2021년 푸른 물결 일렁이는 여름
대한문인협회 경기지회 지회장 임숙희

■ 목차 ■

■목차■

■목차■

# 시인 강보철

## 프로필

- 대한문학세계 시 부문 등단
- (사)창작문학예술인협의회 회원
- 대한문인협회 경기지회 정회원
- 용인 문인협회 회원
- 시하늘 문학회 운영위원
- 문학매거진 옴니글로 1,2권 공저
- 2018 서울시 미래 유산 시 공모전 우수상
- 【코로나19】 극복 문학상 공모전 대상

# 한 길로 걸어왔다 / 강보철

퇴근길
봉지 쌀 한 움큼
둘러앉은 아쉬운 숟가락들
저녁이 있어 살아내고

귀갓길
구공탄 한 장
숨구멍 틀어막은 긴 밤
가족이 있어 살아내고

헐벗은 새벽
무릎 끌며 기어 나와
진흙 속에 필 연꽃을 찾아
돌아다니는 나의 길

가끔은 비틀거리고 싶어도
흔들리면 무너질까 봐
채워지지 않는 허기에도
무릎 꿇지 못하는 아비로

세파에 자물쳐 방황하다가
마주하지 못해 돌아가는 얼굴
원망스럽게 닫힌 숨구멍
마음 안 쓰며 걸어와 고맙다

# 시간이 멈춘다 / 강보철

물줄기 힘차게 내뿜는
미더덕
살짝 집어넣은 칼집에
홀라당 벗어 던지는 겉옷
뱃살 슬쩍 가르니
물총처럼 내뱉는 푸른 바다
벗지 않는 도톰한 모자는 자존심인가

설렁설렁 민물에 몸 헹구고
한입
달큰한 바닷물 파도치며
오물오물, 오독오독
멍게야 미안하구나
소주 한 잔 목 넘김 하면
음, 시간이 멈춘다.

# 울 엄마와 묵은지 / 강보철

홀로 마주하는 생일상
그렁그렁 바라보는 눈시울로
식어가는 미역국
곰삭은 묵은지 코끝으로 다가와도
혼잡한 기름 내에 붙잡혀
원망도 주워 담지 못하고
한참, 빈방과 함께
서로의 외로움을 다독입니다

뒤척이다가 마주친 해 오름
벌게진 눈두덩이 긴 한숨이 흐른다
우유 한 잔으로 속 다스리고
무거워진 엉덩이를 들면
손을 내미는 작업복
너무 멀리 보지 말자고
그래, 믿는다
울 엄마 목소리가 다독입니다.

# 세월 낚는다 / 강보철

낚싯대 드리우고
새소리
파도 소리
바람 소리
세월 낚는다

딸랑딸랑

재수 없어 낚인 고기
벙긋벙긋
재수 좋아 낚은 이
벙긋벙긋
세월 낚는다.

## 늙어가는 마을 / 강보철

마을이 늙어갑니다
부모들은 내보내고
자식들은 떠나고
아이들이 줄어듭니다

봄은 오고
녹음은 우거지고
가을은 떠나가고
눈 덮인 마을입니다

피고 지고 피고
씨 뿌려 여물면 든든한데
발걸음 떠난 자리 주름만
마을이 늙어갑니다

허물어지는 자리
숨길이 그리워
들고나는 빈 바람
언제 오려나.

# 시인 고기산

**프로필**

- 대한문학세계 시 부문 등단
- (사)창작문학예술인협의회 회원
- 대한문인협회 경기지회 정회원

# 민들레 홀씨 되어 / 고기산

바람결에
흔들리는 홀씨는
하얀 나래를 펴고

바람 따라
하늘 높이
날아올라

어귀 길
가장 자라에
살며시 내려앉는다

창문 너머로만
보았던 님의 모습을
더 가까이서 보려고.

# 사랑의 자판기 / 고기산

내 마음속에
사랑의 자판기를
만들었습니다

사랑도
기쁨도
보고 싶음도
설렘도
그리움도
넣었습니다

정작 넣고 싶은 건
당신의 마음이지만
붙잡지 못해서
넣지 못했습니다

어떻게 하면
좋을까요.

## 사랑이 머문 자리 / 고기산

밤마다 찾아오는 그리움은
내 가슴을 파고든다
에일듯한 가슴은
밤하늘을 품은 채
별이 되어 헤매고

모든 것이 끝난 후
심장은 얼어붙었는데
텅 빈 가슴은
기억으로 가득 차
붉게 타오르고 있다

바람결에 스쳐 가듯
머물렀던 사람
늘 아름다운 꽃처럼
피어나는 꽃 내음에
초롱불 같았던 내 눈은
그리움을 타고 두 눈을
촉촉이 적신다

떠나간 그대는 모른다
그대가 머물던 그 자리에는
가슴 시린 그리움이
기다린다는 것을.

# 끈을 놓으면서 / 고기산

사랑했던 날들은
행복이 있고
기쁨이 있고
즐거움이 있고
웃음꽃이
만발하였네

이별을 하니
눈물이 있고
슬픔이 있고
아픔이 있고
그리움에 잠 못
이루네

아무리 혼자만의
사랑이라도
떠나보내기가
그리 쉬운가

가슴으로 하는 게
사랑인데.

# 젖은 낙엽 / 고기산

꽃봉오리 피어오를 때
푸른 꿈은 가득히 쌓이고
색색으로 활짝 핀
꽃 속에 향기가 피어올라

가슴속에 연분홍
꽃물이 들어
솜사탕처럼
달콤한 사랑이
찾아온다

천년을 살 것처럼
왕성했던 푸른 잎은
흘러가는 세월과 함께
서서히 여물어가고

붉게 물들었던 고운 세상은
쏟아지는 하얀 햇살 아래
잎은 마르고 꽃은
고개를 떨구며
하나씩 떨어진다

권불십년 화무십일홍
(權不十年 花無十日紅)

젖은 낙엽
이것이 인생이다.

# 시인 공영란

## 프로필

- 시, 시조, 수필, 작사가
- 대한문학세계 시 부문 등단
- (사)종합문예유성 총무국장, 대한민국가곡작사가협회 정무위원
- 한국가곡작사가협회 이사
- 시와 글벗 사무국장
- 경기문학인협회, 문학과 비평 정회원
- 대한문인협회 정회원
- (사)한국음악저작권협회 정회원
- (사)한국음반산업협회 정회원
- 제1회 신정문학 시부문 우수상 수상
- 한국수필문학상 수상
- 대한민국 문화예술지도자 대상 수상 외 다수
- 공저. 시는 노래가 되어, 외 다수
- 내 속에서 국화로 피어나세요, 그대 고운 별 하나가 외 작시곡 다수

# 부부 / 공영란

하루도 빠짐없이 새벽에 눈 뜨면 명곡 감상에
책을 읽고 큰소리로 외국어 따라하기를 하며
배움의 즐거움에 심취한 만학도로 익어가는
그는 무엇이든 열심을 다하는 멋쟁이입니다

그런 그에게 따뜻한 차 한잔 슬그머니 내밀며
계절의 변화와 현실의 삶을 열심히 설명하고
그의 주름을 세지만 또 속없이 영혼을 내어주는
나는 시와 함께 인생이 익어가는 문인입니다

소망을 믿음과 사랑으로 격려하고 바라보면서
꽃 같던 봄맞이가 바스락거림 단풍 다 지나도록
그와 나는 함께 같은 길을 서로 다르게 걷지만
다른 길을 각기 걸어가는 이들보다는 낫겠지요

# 그리움의 강물 유행가로 흐른다 / 공영란

지친 몸 바람에 씻고 부처같이 앉아도
담장마다 늘어진 덩굴장미 유혹 위에
발길 멈춘 나비 되어 또 그리움 좇는다

구름 같은 마음이 꽃향기 모아 놓고선
낡은 유행가 코끝에 앉아 흥얼거리니
한 가닥 바람이 제 것인 양 날름 앗아간다

그때처럼 돌아선 외로운 그림자만이
그들 사이 들리는 곳까지만 외쳐댄다
사랑아 너무 멀리까지는 가지 말아라

그러나 부시게 고운 햇살만 세월처럼
그림자 보듬어 안고서 길게 늘어지니
허공도 따라 강물 되어 그리움 씻어낸다

# 안부 / 공영란

아버지 그날처럼 비가 내립니다
보내 주신 편지 잘 받았습니다

봉투 안에 넣어 두셨다던 아쉬움
언제나 자식 먼저였던 그 섬세함과
인자하신 마음 따뜻한 사랑의 숨결은
굴곡 심한 세월의 산을 넘어오다 만난
허기진 찬바람이 앗아갔나 봅니다

받은 건 오늘도 빈 봉투입니다
심장 데우는 그리움 비가 되어 내립니다

아버지 천국에서 평안 영생하세요
시간이 흘러도 영원히 당신 사랑합니다
천국과 현생에서 함께 온전한 복 누려요

# 엇갈린 기도 / 공영란

지나온 세월 후회가 많아 무심코 나선 걸음이
또 당신 집에 와버렸는데 당신은 여전히 없네요
뽀얀 담배 연기처럼 안개비가 내려앉은 거리를
그때처럼 길을 잃고 헤매다 주저앉아 울었어요
그때 당신 내 집에 와 있었다지요 엇갈렸네요

안개 속에서 헤매며 걷다가 한순간 뭉클했는데
아마 그때가 당신과 내가 마주칠 때였나 봅니다
내가 미처 못 보았어도 당신은 알고 있었겠지요
눈물이 빗물처럼 흘러내려 그때 나는 말이에요
당신이 왜 내 손을 잡지 않았는지 정말 몰랐어요

그러나 세상이 따뜻한 빛이라는 걸 이제 알아요
오늘도 엇갈림 속에서 두 손 모으고 눈 감았지만
그 속에도 여전히 당신 웃으며 함께 하시겠지요
이제 내 속엔 오색 희망이 기지개 활짝 폅니다
그때 당신도 날 찾아왔다는 것을 알았으니까요

# 후회 / 공영란

말하지 그랬어요. 품 안에 가둬두고
침묵만 하였으니 신인들 알았을까
내 가슴 갈마바람에 아려오고 시려요

# 시인 국순정

## 프로필

- 대한문학세계 시 부문 등단
- (사)창작문학예술인협의회 회원
- 대한문인협회 경기지회 정회원
- 대한창작문예대학 6기 졸업
- 문예창작지도자 자격 취득
- 대한창작문예대학 졸업 작품 경연대회 장려상
- 2016 우리말 글짓기 공모전 장려상
- 2016.17.18 특별초대 시 자연에 걸리다 작품선정
- 2016년 올해의 시인상
- 2017년 한줄 시 짓기 공모전 동상, 한국문학 베스트셀러 작가 우수상
- 2018년 순우리말 글짓기 공모전 동상, 2018 한국을 빛낸 자랑스런 한국인 대상
- 2019 글벗 문학회 봄호 글벗 문학 대상

〈공저〉
- 동반의 여정 (제6기 대한창작문예대학 졸업 작품집)
- 햇살 드는 창 (대한문인협회 경기지회 동인문집) - 어울림2 (문학 어울림 동인 시집)
- 서정문학 (한국서정문인협회) - 2017년 2018년 현대시를 대표하는 명인명시 특선시인선
- 글벗 문학회 동인 시집

〈저서〉
- 시집 《숨 같은 사람》

# 너무 보고 싶은데 / 국순정

갈잎 사이로 비친 햇살에
눈이 부셔도 눈을 감을 수가 없어

감은 눈 안에
그리운 네가 있을 것만 같아서
미치도록 보고 싶은 마음에
눈물이 흐를 것 같아서

너무 보고 싶은데
너무 보고 싶은데
네가 너무 보고 싶은데

갈바람 사이로 너의 향기 스쳐도
널 느낄 수가 없어

세월 속에 휘청이는
나를 볼 것만 같아서
미칠 것 같은 그리움에
가슴이 쓰리고 아파서

너무 보고 싶은데
너무 보고 싶은데
네가 너무 보고 싶은데

# 어디서 와서 어디로 가는가? / 국순정

안개가 깔린 풀잎 위에
이슬로 왔다고
언제나 풀잎처럼 나풀거리듯 살지 않았고

햇빛 쨍쨍한 날
푸른 나뭇잎에 앉은 햇살로 왔어도
항상 푸르지도 않았으니

어디서 와서 어디로 가는지 몰라도
구름 속에 감춰진 해님 같은 미소는
잃지 않으리

썰물에 밀려오듯
포말 같은 거품으로 왔어도
비어내지 못한 속은 무거웠고

갈대밭 쓰러지는 바람으로 왔다고
채우지 못한 빈 가슴
외로움에 떨지도 않았으니

어디서 와서 어디로 가는지 몰라도
가야 할 곳이 있기에 날개를 퍼덕이고
하늘을 향해 비상하리

# 그대와 차 한잔 나누고 싶네 / 국순정

싸락눈 살포시 낙엽 위를 덮고
빈 나뭇가지
까치 한 마리 노닐다
반가운 손님처럼
인적 드문 허름한 찻집에
그대와 창가의 그림이고 싶네

품격있는 대화는 아닐지라도
부끄럽지 않은 삶이
잔잔한 화두가 되어
과하지 않게
어색하지 않게
그대와 차 한잔 나누고 싶네

차향과 그대의 향이
긴 여운으로 남는
미소가 정겨운 그대
그대와 풍경이 함께 하는
차 한잔 나누고 싶네

# 늪 속에 피는 꽃 / 국순정

이토록 숨이 막히게 아름다운 것은
순결의 청렴 인가

범접할 수 없는 늪
사랑에 빠져 헤어 나올 수 없음의 각혈인가

처염상정함에 고귀한 자태로 피어
모든 이의 시선을 사로잡아 놓고

소리 내어 감탄할 수 없는
세속을 초월한 깨달음에
입을 다물게 한다

다른 어떤 꽃도 필수 없는 진흙 속
오롯이 바람에 흔들리지 않고
천둥에 놀라지 않고
시들 것을 두려워 않으니

청초하게 피어나서
고귀한 자태를 지키다가
신비롭게 지는 것은
삼라만상의 오묘함을 담았던가

다가서지 못하고
요염함에 빠지지 못하니
애련의 늪에 빠질 수밖에

# 숨 / 국순정

나의 날숨은
찌들어버린 삶의 찌꺼기
나의 들숨은
새로운 희망의 메시지
내 심장을 찌르던 말의 가시와
내 피를 끓게 했던 분노는
詩가 되어 허공에 파열된다

공기 중에 떠도는 희망의 미소는
행복의 콧노래로
내 우심방에 안착하여
산소 같은 詩를 공급한다.

나는 詩로 숨을 쉰다

# 시인 김금자

## 프로필

- 출생지: 강원도 정선
- 경기도 성남시 거주
- 2017. 대한문학세계 시 부문 등단
- (사)창작문학예술인협의회 회원
- 대한문인협회 경기지회 정회원
- 2018. 한국문학 올해의 시인상 수상
- 2019. 〈가울문〉 동인지 공저 외 다수
- 2020. 5월 〈가시 끝에 핀 꽃〉 개인 시집 출간.
- 2021. 7월 〈낭송하는 시인들〉 낭송 모음 시집

# 유혹 / 김금자

동네 어귀 좁은 뜨락에
여러 꽃이 봄을 장식하더니
오가는 길손의 마음 사로잡던 연분홍 꽃

보기만 해도 입꼬리가 올라가고
하루가 다르게 탱글탱글하게 익어가니
붉디붉은 보석처럼 아름답구나

더운 여름날
얼음냉수같이 시원한 과일 화채 속
유독 눈에 확 뜨이는 너
아직 촉감이나 가슴에 담아보지 못한 맛

올여름에는 아들 며느리를 불러
화채 그릇 속의 그 발그레한 속 맛을 봐야겠다

돌아오는 장날에는
토실토실 윤기 나는 것을 골라
한 됫박 씻어 앵두주를 담아
고운 빛깔의 향을 음미해 볼까나

아마도 너에게 푹 빠져
헤어나지 못할 것 같은 설레는 예감에
벌써 온몸에 소름 돋친다.

## 또 하나의 기념일처럼 / 김금자

빼곡한 기념일을 축하하는 듯
붉은 장미가 거리마다 축제를 벌이고
감사와 은혜의 물결에 가슴이 촉촉하다

사뭇 들뜬 마음으로 기다리던
아들의 결혼식이 격려와 축복 속에 홍등을 켜고
둘만의 유토피아를 향해 둥지를 떠났다

오월의 언어들이 오선 위에 노닐 때
멀리 가신 부모님이 그리워 가슴이 아프고
민주화의 꽃이 된 자식에 가슴 찢는 부모들도
장미의 계절에 어울림 하며
6월은 행복 가득하기를 손짓해 본다

코끝에 맴돌던 알싸한 장미 향과
달곰하던 아카시아 향이 보리밭에 내려앉고
가는 오월처럼 맛과 향을 잃어 가지만
꽃 진 자리엔 열매가 옹골지다

저마다 다하지 못한 언어들이
진주알처럼 꿰어지는 오월
가슴 아픈 사연들은 멍울진 기억으로
기쁜 일은 좋은 기억으로 또 하나의 기념일처럼
달력에 동그라미로 남겠다.

## 겸손한 사랑 / 김금자

화려한 미모에 도도함이 피어나는 오월
세인들 사랑을 받으며
부족한 것 없는 너의 날을 사랑하지

너의 향기에 가까이 가는 것도
입맞춤도 허락지 않고
높은 담장에서 핏빛으로 유혹하는 너

사랑 달라 보채는 이들에게
콧방귀 뀌며 눈길 한번 주지 않았지

진실한 사랑을 해본 적도 없이
왜 찌르는 말로 상처만 주는 거니
한 번쯤 자존심 내려놓고 사랑할 수는 없는 거니

속 빈 강정 같은 네 모습에 염증이 나서
끝없이 보냈던 사랑을 거두련다.

여왕의 명예를 가졌다 해도
화무십일홍인 것은
담장에서 내려와 제비꽃의 겸손을 배우라.

# 회상 / 김금자

아침 이슬 같은 눈물이
마른 볼을 타고 가슴으로 흐르면
묻어 두었던 목련꽃 슬픔이 고개를 든다

내 곁을 떠나 영영 볼 수 없는 사람들
꿈을 앗아간 가난한 삶이
나를 늪 속으로 던져버렸다

그 많은 아픔을 동여맸던
낡은 끈을 풀고 싶었는지도 모를
글쓰기의 시작은 두서없는 낙서였다

아무에게도 내보이고 싶지 않았던 상처들
고독한 인생길에서 살고 싶은 갈망과
멍울을 풀어내려는 몸부림이었다

글을 통해 눈물을 펌프질하고
아린 가슴에 연고를 발라야 했던 세월 속
메마른 감성을 덧칠하기 일쑤였다지만

나만의 색깔이었을
그 어설픈 글이 세상에 떠돌 때
스승님의 권유로 글쟁이 길을 간다.

# 둥지 떠나는 파랑새 / 김금자

어김없이 돌아온 장미를 맞이하며
홀가분한 애증과 설렌 가슴이 부푼다

코로나 공포 속에서도
숙원의 은혜인 양 피앙세를 만난 파랑새야
기쁨에 덩실덩실 춤이라도 추고 싶구나

가난한 삶에 찌든 어미
날갯짓할 언덕마저 되어 주지 못해
가슴에 대못이 박힌 것처럼 아팠다

나름의 삶이 힘들었을 텐데
밝고 당당하게 자라줘서 고맙고
푸른 오월의 계절만큼이나
이 순간, 행복해서 눈물이 난다

어여쁜 파랑새의 날갯짓을 축하한다

세상 다 가진 양 행복하고
늘 자연과 사람들의 축복 속에
행운이 가득하길 기도한다

사랑하는 파랑새야!
가장으로 피앙세와 보금자리를
잘 지켜 가길 바란다.

# 시인 김선목

## 프로필

- 경기도 화성 출생 / 호는 海山
- 2015년 대한문학세계 시 부문 등단
- (사)창작문학예술인협의회 회원
- (전)대한문인협회 경기지회 지회장
- (현)대한창작문예대학 지도 교수

〈수상〉
- 2015 순우리말 글짓기 전국 공모전 은상, 한국 문학 발전상 수상
- 2016년 한 줄 詩 짓기 전국 공모전 금상, 순우리말 글짓기 전국 공모전 금상
  한국문화 예술인 금상
- 2017년 한 줄 詩 짓기 전국 공모전 은상, 순우리말 글짓기 전국 공모전 은상
- 2018년 짧은 詩 짓기 전국 공모전 금상, 순우리말 글짓기 전국 공모전 동상
- 2019년 짧은 詩 짓기 전국 공모전 동상, 순우리말 글짓기 전국 공모전 은상
  한국문학 공로상

〈저서〉
- 시집 "그대가 있어 행복합니다"
- 명인명시 특선시인선 외 다수 공저
- 2021. 7월 〈낭송하는 시인들〉 낭송 모음 시집

〈가곡 작시〉
- 〈가을 사랑〉, 〈그대가 있어 행복 합니다〉, 〈그리운 어머니〉,
  〈내 사랑아〉, 〈동행〉, 〈아련한 그리움〉, 〈하얀 면사포〉

# 백지 / 김선목

티 없이 맑고 고운
속없는 나신에
자유로운 영혼이
애무한 흔적을
한 마리 학의 춤사위로
흑백을 채색해 담는다.

# 가온누리 / 김선목

우리나라 꽃을 멋지게 노래하는
그대는 누구 그 누구시기에
산다라한 모습 대나무 같으신가?

가온길 가리라던 젊은 꿈이
세차게 솟구치던 그 옛날
나랏일이 바람 앞에 촛불 같을 때

이 나라 살린 목숨 바친 눈물
나라 사랑한 자랑스러운 얼굴들
나린 한 별 온 누리에 빛나누나!

오늘도 대쪽처럼 꼿꼿한 초아는
드렁칡처럼 얽힌 부라퀴에게
대쪽 들고 가온 누리 꾸짖는다.

# 옛날이여 / 김선목

눈보라 울음소리에 언 가슴을 열어주고
봄, 여름, 가을을 흐르고 흘러도
마르지 않는 내 맘의 옹달샘
벌거숭이 녀석들을 기다리는 샘터에
개구쟁이 그리움을 물수제비 뜬다.

풀잎 이슬에 발길 젖으며 어깨를 맞대고
가던 길 뒤돌아 마주 보던 벗들이
꿈길 따라, 삶의 길 찾아
옹달샘을 떠나던 그때는
외로움도, 그리움도 만남에 묻어야 했다.

어버이 사랑이 배인 시골집
텅 빈 빨랫줄에 널린 피붙이 생각은
처마 도리 제비집에 옴살거리고
와스스 쏟아지는 가랑잎 같은
어머니 그리움이 우물가를 에돈다.

벗이여! 푸나무서리 옛길은
기다림에 지친 거미줄에 걸려 외따로고
어버이의 그지없는 덧정은
솔 내 가득한 집터서리 대추나무에
가없는 사랑으로 걸려있다.

# 그대가 있어 행복합니다 / 김선목

내 마음에 품어야 할 사람 때문에
나도 모르게 마음이 아파집니다.

혼자서 해야 할 일 너무 많아
때로는 나 자신이 쉬어야만 할 때
당신의 사랑 숲에 이상의 나래 펴고
진정 웃을 수 있어 행복합니다.


내 어깨에 기대는 사람 때문에
나도 모르게 마음이 무겁습니다

혼자서 감당할 일 너무 많아
때로는 어려움을 잊어야만 할 때
당신의 팔베개에 현실의 나래 펴고
편히 기댈 수 있어 행복합니다.

\* 가곡 작시

# 바람의 끝 / 김선목

한뉘를 애오라지 가시버시로 살아야 하는
갈라진 떡잎 같은 두 마음에
바위틈 샘물 같은 꽃을 피운 사랑은
거룩한 믿음이었다.

두 마음을 한 꺼풀씩 벗기는 단꿈으로
싱둥한 어미의 서른 해는
어느덧 귀염둥이를 끌어안고 부뵈는
풀솜할머니가 되었다.

할머니 눈꼬리를 잡고 버둥거리던
응석꾸러기의 발그림자는 달음박질치고
흐르는 샘물 같은 아내바라기는
덧없이 흐르고 흘러 늙어간다.

머리끝부터 발끝까지 내린 하얀 믿음일까
할미꽃으로 다시 필 까닭인가
다시 태어나도 그 자리에 피겠다는 지어미는
마지막 바람의 꽃이다

# 시인 김양해

## 프로필

- 강원도 인제군 남면 출생
- (현)경기도 포천 거주
- 2019년 대한문학세계 시 부문 등단
- 6월의 신인문학상 수상
- (사)창작문학예술인협의회 회원
- 대한문인협회 경기지회 정회원
- 가슴 울리는 문학 정회원
- 공동저서
  인향문단4집, 인향문단5집
  시화집 그날이 오면, 하늘 바람과 별과 시
  가울문 등,

# 逸脫 (일탈) / 김양해

그토록 가고 싶었던 마지막 꿈
엘도라도
그곳에 가면
가끔 내려놓고만 싶었던
힘겨운 일상들도 가을 들판처럼
황금빛으로 물들겠지

헛된 바람은 허공으로 흩어지고
쓰러질 듯 비틀거리는
위태롭던 하루는
끝끝내 더는 버텨내지 못하고
허망하게 무너지고 있었다

누구였던가?
나의 모습을 한 채 저토록 안쓰럽게
세상을 짊어지고 서있는 人形(인형)
금세 쓰러질 듯 비틀거리는
도무지 그 끝을 가늠할 수 없었던 하루

허락받지 못한 희망을 앞에 두고
드디어 황금의 땅에 발을 내딛는다
깨어나면 또 한 번의 후회가 되어
영영 아쉬움으로 남겠지만
결코 벗어날 수 없는 굴레 속에서
일탈은 시작되었다.

# 이름 모를 펜션에서 / 김양해

언제든지 오시라고
얼마든지 찾아달라고
낯선 계곡의 이름 모를 펜션은
날마다 문이 열립니다

제법 그늘진 나무 아래로
발 담그라고 물이 흐르고
시골의 넉넉한 인심으로
가마솥에는 옥수수도 익어갑니다

뒤뚱거리는 절름발이 흔들의자엔
앳된 아이의 웃음도
어느 연인의 사랑의 속삭임도
남몰래 간직한 채
이따금 날리는 바람에
수줍게도 삐거덕댑니다

선명하게 새겨진 이름은
그저 여름날의 흔한 하루처럼
언제 다시 올 수나 있을는지
애써 기억하지 않으렵니다

스치고 지나가는 사랑처럼
먼 훗날에
낯선 계곡의 이름 없는 펜션으로
아련하게 기억되겠지요.

# 눈을 먹는 소녀 / 김양해

황량한 들판 달리는 기차 소리에
바라보는 흐린 기억 속에는
하얀 눈꽃이 쉴 새 없이 내려
그리움으로 쌓이는 어느 겨울날
소녀 혼자서 눈을 먹고 있다

애틋하게 불러보아도
떠난 시간은 돌아오지 않는데
보고픔에 견딜 수 없는 그리움은
희미한 기억 속에서
또 한 번 달아나는 소녀를 떠올린다

눈이 멈추고 나면 봄이 오는 것처럼
진달래 개나리 피고
설악산 기슭 어딘가에 철쭉이 필 때
소녀는 잊힌 기억의 저편에서
아지랑이처럼 피어나겠지.

# 그날의 바다 / 김양해

살고 싶어요

아직 못다 한 말들이 가슴 가득한데
숨이 차 더 이상은 버틸 수 없어
엄마..... 사랑해요.....

얼마나 아팠을까

열여덟의 고개를 넘어가는 즈음에
발끝에서 가슴으로 차오르는
끝내 견뎌 낼 수 없었던 마지막 떨림

꽃피우지 못한 소녀의 사랑과
날아오르지 못한 소년의 꿈들이
산산이 부서지던 그날의 바다,

살아도 살지 못할 비통한 가슴에
죽어도 죽지 못한 애절한 영혼이 뒤엉켜
가슴 갈기갈기 찢어낸 슬픔이
눈물 되어 비처럼 쏟아져내리고

끝내 지켜내지 못한 비정한 침묵 속에서
썩어버린 세상이 침몰하고 있었다.

## 침묵하는 이유 / 김양해

소리 내어 울지 않는다고
아프지 않은 것은 아니다

참지 못하여 흐른 눈물이
잔잔한 호수에 떨어져
파도처럼 몰아칠까 두렵고
전염병처럼 번져나갈 슬픔을
감내할 자신이 없을 뿐

말하지 않는다고
받아들이는 것은 아니다

입으로 뱉어지는 말은
집어넣을 수 없는 화살이 되어
오해의 심장을 관통하고
섣부르게 다가설 수 없는 관계는
침묵을 강요한다

떠난다는 것은
잊히는 것이 아니다

준비하지 못한 헤어짐은
함부로 벗어낼 수 없는
인연의 끝자락에 머물고
쉬이 꺼내지 못할
비밀스러운 이야기는 끝이 없다.

# 시인 김인수

## 프로필

- (사)창작문학예술인협의회 회원
- 대한문인협회 정회원
- 대한문인협회 경기지회 정회원
- 안산 한국문인협회 정회원
- 대한문학세계 신인문학상 수상
- 시를 꿈꾸다 문학 정회원
- 문학어울림 정회원
- 글벗 문학회 정회원
- 청일문학문인협회 정회원
- 안산시낭송협회 부회장
- 시가 흐르는 서울 낭송회 부회장
- 전국 공모전 및 백일장 다수 입상
- 안산 '편지' 카페지기

# 인연, 필연 그리고 숙명처럼 / 김인수

바람은
사연을 싣고 불어오며 속삭인다.

잊혀간 사랑과, 남겨진 사랑을

곱게 물든 나뭇가지에 매달린
노란 편지지에 장밋빛 사연 담아
마음을 흔들어 놓으며
스쳐 가는 인연도, 인연이라고
토닥토닥 어깨를 두드리며
내 발자국에 내려앉는다.

바람은 또 다른 인연 찾아 길 떠나고

흔들리는 마음은
잃어버린 인연을 뒤돌아보다가
놓쳐버린 인연에서 한숨짓고
다가오는 인연은 필연이 되기를
빨간 잎새에 내 마음 담아본다.

영원한 인연은 없다 하지만

만남이 있기에 또 다른 인연은
숙명처럼
필연이 되길 바라며
쌓여가는 낙엽에 내 마음 얹혀 놓는다.

## 별들이 숨어버린 까닭은 / 김인수

가을이 먼발치에서
숨 쉬며 한 걸음씩 다가와
내 마음을 두드린다

반짝이던 별들은
하나, 둘 불 밝히고
영롱한 빛으로 내 가슴에
내려앉는다

그 별 하나
가슴으로 품어볼 때
또 다른 별 하나 보이지 않는 건
어느 누가 훔쳐 갔나 보다

이제 알았다

수많은 별이 새벽이 되면

내 눈에 보이지 않는 것은

내가 다 가졌다고 느끼고 있을 때

저 별들은 누군가에게

사랑과

고독과

슬픔을 주며 사라진다는 것을


다만

내가 슬프고 고독하고

외로워하며 별을 헤아렸을 뿐이다


깊어가는 밤하늘

올려다보니

오늘도 별 하나 보이질 않는구나!

# 추억은 옷을 입는다 / 김인수

깊어가는 가을날에
잊혀간 사랑도 그리움도
고독으로 물들어간다

떨어지는 낙엽처럼
서글퍼지기도 하지만
마음 한 쪽에 남아있는
지난날을 더듬어보면
그 시간이 그립기도 하다 .

못다 한 사랑에서
지나온 세월에서
책갈피 속에 숨겨둔 빛바랜 낙엽처럼
흘러간 시간만큼
아쉬움도 깊이 배어 있구나

흔적은 지울 수 없기에
잊혀간 시간 속에 숨어 있다가

너는
시월의 끝자락에서
심오한 시인처럼 얼굴 내 미며
추억을 더듬어 주는구나!

# 억새 풀숲에서 길을 잃다 / 김인수

인적 드문 억새 풀숲에는
애처롭게 울부짖는 소리가 들렸습니다.

앙상하게 말라버린 풀숲에는
윤슬 자국만 얼룩져 있었습니다.

길섶에는 서걱거리는
들풀들의 울음소리만 들렸습니다.

지난 여름날 풀벌레 노래하고
메뚜기 뛰어놀던 숲에는

소슬바람에 파르르 몸서리치고

갈바람에 엉키고 설키어
석양빛에 은빛 물들이며
가을을 보내고 있었습니다.

그 길섶에서
나 또한 가을을 보내고 있었습니다.

# 시인 김종각

## 프로필

- 대한문학세계 시 부문 등단
- (사)창작문학예술인협의회 회원
- 대한문인협회 정회원
- 대한문인협회 경기지회 정회원
- 뜨락/오선위를 걷다 정회원
- 문학어울림 정회원
- 시를 꿈꾸다 정회원

# 봄비 / 김종각

내리는 봄비에
묻은 먼지 씻기어 새싹들은 파릇한
바람을 타고 설레게 합니다

풀잎도 봄비를 먹고
나무는 새 옷을 입었지요
여전히 푸르름은 신선합니다

부는 바람도 봄비 따라
메마른 내 마음 적시니
빙그레 웃는 꽃잎이 곱습니다

고운 봄비는 창가에서
나를 부르더니 맑고 푸른 미소는
화려한 고운 얼굴이 되었습니다

# 봄나비 / 김종각

겨울 품에 둘러싸인 봄은 다시 태어나고
수척 된 나무는 대지에 활력을 불어넣어
새싹이 피어오르고
연녹색 물드는 계절이다

햇볕 따스한 봄날에 개 동백꽃은 지그시
눈망울 터트리고 춘삼월 꽃샘추위에
봄나비는 멀고도 험한 길 날아가니 예쁘구나

임의 옷자락에 고운 향 뿌려주려 해도
꽃들도 보이지 않고 초조한 봄나비도 역경과
난관을 본능적으로 적응하며 알아가는
현실에 아름답구나

# 겨울 / 김종각

하늘에 하얀 눈 내리는 빛깔은 티 없이
곱구나 거센 동남풍 서북풍 맞으며
힘겨워 약한 모습 보이기 싫어 자신을
감추려 자존심 강한 소나무가 되고 싶구나
뜨락에 갈댓잎은 나풀나풀 가냘픈 몸은
서로 애처롭다 못해 좌우로 고개를
숙이고 한줄기 잎은 떠도는 바람처럼 살다
가고 싶어도 그 자리일 뿐 화석처럼
인내를 품고 겨울을 나면 봄은 오겠지
나그네 속마음은 무엇이기에 파란 하늘빛을
그리워하며 세월이 가든 말든 넋 놓고만
있는 걸까 모래시계처럼 수정 같은 고드름
하나 처마 아래 붙은 채 매달려 한 방울
흘러 하루란 시간 흐르면 봄은 오겠지

# 방랑의 길 / 김종각

바람은 불어와 차가운 속살을 스치는데
스며들어 서슴없이 떠나는 방랑의 앞길도
붉은 해는 지고 첩첩산중도 무수히
넘어간다

사계절 상관없는 거센 강풍 눈보라 흩날리고
굽이굽이 비탈길을 걷는 나그네 인생도
돌에 걸려 넘어지면 일어나 툭툭 털고
떠돌다 고행길 가는구나

파도가 밀려오는 항해는 버거운데 정처 없이
무작정 떠도는 방랑의 속을 알 수 없으니
구속이 아닌 무익한 자유에 맡기고 고독의
그리움도 초라한 뒷모습이 아이러니 하구나

세월의 야속함은 동트면 유령같이 홀연히
사라지는 안개에 불과 하구나

성근별은 우릴 지켜보는 건 아닌가 저 밝은 달도
길을 잃을까 늪에 빠질까 염려스러워 길을
비추어 주고 내면의 속에도 벌판 위에 나래를
펴고 쉬어간다고 꿈 찾아가는 것도 아니구나

# 가을 단풍 / 김종각

흘러가는 이 쓸쓸함이 더할까 현실을
또 한 잎의 단풍 옷으로 갈아입고
외로움 달래준다

청아한 하늘에 바람은 국화 향을
내뿜고 벌 나비는 날아다니며 막바지에
짙어가는 가을을 달래준다

하늘 아래 얇은 나뭇잎은 고결하게
물들어 가고 깊은 색을 막바지에
수놓는다

저 산을 넘어가려 재촉하듯 석양의
얼굴은 숨이 차 빨갛게 익어간다
여름 내내 무더위 모질게 가슴 시린
잎들에 단풍잎은 저미어 물들어 간다

고인 물은 나뭇잎 하나 감싸며 헤어
나오지 못해 물결은 잔잔할 뿐이다

비는 주룩주룩 내리고 바닥은
빗물에 뒤섞여 낙엽도 한 여정에
생을 다하며 가을은 떠나간다

# 시인 김풍식

## 프로필

- 대한문학세계 시 부문 등단
- (사)창작문학예술인협의회 회원
- 대한문인협회 정회원
- 대한문인협회 경기지회 홍보차장

〈저서〉
- 시집 『나그네 영혼』

# 욕망(欲望) / 김풍식

욕망 앞에 나의 무덤을 스스로 판다
동녘에 보름달이 서산에 이지러지고
꽃빛의 찬란함도 어둠에 묻히고

잠깐 만나 은혜 사랑 얽히지만
꿈속에서 만나고 흩어지는 것 같아서
만날 때 즐거우나 헤어짐을 어찌하며

눈 뜬 사람은 꿈속에서 만난 사람을
다시 만날 수 없듯이
아, 나도 내가 아니요 다만 이름뿐이라

늙으면 곱던 몸 쇠해지고
이 몸 무너져 썩고 흩어지면
이 몸 무엇에 쓰랴

아, 이 몸은 오래지 않아
흙으로 돌아가리니
정신이 몸을 떠나면
해골만이 땅 위에 뒹굴 것을

무엇을 사랑하고 무엇을 즐기랴
바람 앞의 등불 같은 목숨
이 세상 어느 것을 영원하다 하리
죽음 앞에 한바탕 꿈이로다.

# 참선(參禪) / 김풍식

무릎 꺾고 앉아 있어야 참선이 아니다.
일분일초가 아쉬운 세상에 어찌해야 할까?
순간순간 마음의 불을 밝히는 것
선(禪)이 따로 있는 게 아니다.
살아가는 순간순간에 나를 세우지 않고
지켜보는 것을 보며
몸은 움직이며 있는 그대로 생활하며
마음이 흔들리지 않는 것
평상심 그대로가 참선입니다.

마음으로 자신을 다스리고 행동하는 것
비우는 것은 놓는 것이다.
구속으로부터의 해방, 편안함이 자유를 가져다준다.

오늘의 내 모습
내 살림살이
내 운명
다 내가 과거에 한 것이니
에누리 없이 오늘의 결과입니다.

공부는 마음의 재료입니다.
즐거움은 나를 공부로 멀어지게 하고 게으르게 하고 잠자게
만들지만
공부를 하게 되었다면 이는 축복입니다.


담금질을 많이 하면 할수록 좋은 칼이 만들어지듯
나를 담금질 할수록
나를 명검으로 만드는 과정이다.

# 잣대 / 김풍식

누구나 자신의 잣대로 남을 평가하려 합니다.
자신의 잣대가 천하에 가장 공평무사한 잣대인 줄 압니다.
항상 겸손하게 상대의 잣대를 생각할 줄 알아야 합니다.
상대가 모자라면 모자라는 대로
응대해 주고
크면 크게
작으면 작은 대로
마음 기울이며 하나가 되어 준다면 항상 평등하고 원만한 잣대에
있습니다.

과거 모자랐던 자신의 일에 생각하지 못하고
못난 것만 생각하며 남을 탓하고 외면하려 하지 마십시오.

누가 내게 돌을 던지고
욕을 하고 비방을 했다 해도
내가 그렇지 않으면 그대로 밀고 가면 그뿐입니다.
내가 받지 않으면 도로 가져갈 수밖에 없듯
나 자신을 진실하고 정직한 마음
포용하는 마음
조건 없이 남을 도울 수 있는 마음
나로 인하여 일이 벌어졌으니 내 탓으로 돌릴 줄 아는 마음
그런 마음의 평등으로 나를 스스로 평등의 잣대로 지켜야 합니다.

# 마음 / 김풍식

태양의 빛이 아무리 찬란하고
태양의 힘이 아무리 위대하고
우주가 아무리 광대하더라도
조그마한 내 마음만은 못합니다.

내 마음의 빛은
어느 것으로도 가릴 수 없고
내 마음의 힘은 그 무엇으로도 꺾지 못합니다.

신이란 신들이 다 덤벼도
내 마음의 힘은 파괴할 수가 없습니다.
내 마음의 빛이 제일이고
내 마음의 향이 제일입니다.

촛불도 마음의 촛불이 가장 밝고
뇌성벽력 비바람에도 꺼지지 않습니다.
마음의 바가지는 모든 것을 담을 수
있습니다.

진수성찬이 그 안에 있습니다.

## 시인 남원자

### 프로필

- 경기도 광주시 거주
- 대한문학세계 시 부문 등단
- (사)창작문학예술인협의회 회원
- 대한문인협회 경기지회 정회원
- 2021년 명인명시 특선시인선 선정

# 사랑하는 우리 엄마 / 남원자

웃음이 많으신 우리 엄마
마음이 슬퍼도 몸이 아파도
언제나 기쁘신 것처럼
아무런 내색 없이 웃으십니다

자식들 함께 모이면
입가에 웃음꽃 활짝 피우고
맛있는 것 챙겨 주시며
박꽃같이 환하게 웃으십니다

아무리 작은 것이라도
자식들의 마음이라면
무조건 만족하게 받아 주시며
목화솜처럼 따뜻하게 웃으십니다

길고 긴 팔십 년 세월
자식들의 뒷바라지를
웃음으로 감당하신 우리 어머니
오늘은 절뚝절뚝 다리를 저십니다

자식들 걱정될 세라
단 한마디 내색 없이 절뚝이시는
어머니의 걸음이 가엾어 눈물 납니다

# 추억이 머무는 곳 / 남원자

적막 속 아름다움과 산들바람
산새들이 합창하는 소리

가족 간 정겨운 만남과
자연 속에 원앙이 모여 사는
내 고향 추억이 머무는 곳

새벽닭 우는 알람 소리
외양간 송아지 엄마 찾는 소리
꼴망태 어깨에 둘러메고
셋 터로 꼴 베러 새벽 사냥

땡볕에 허리 굽혀 밭고랑 매고
논두렁에 쟁기 가는 소리
이랴 잘도 간다

이 나이 되어도 추억이 머무는 곳
언제나 정겹고 그리운 고향이다

## 희망을 노래하다 / 남원자

파란 하늘 실 구름 사이
아주 강렬한 태양은
풍차와 회오리 같은 원을 그리며

연둣빛 향기와 봄 노래가
상큼하고 따뜻하므로
내 가슴에 포근히 안긴다

저 넓은 들녘 아롱아롱 아지랑이
연초록 향기 뿌리며
너울너울 춤을 추면서 날아온다

보일 듯 말 듯 저기 언덕 들판에
종달새 지지배배 오늘을 노래하고
아롱아롱 아지랑이 잡힐 듯
가물가물 다가와 가슴에 안긴다

동지섣달 꽁꽁 얼어붙은
온 마음을 열고 들어가
봄을 노래하고 환희에 박수를
강렬한 태양 가득히 받아
희망 가득한 봄을 노래하리라.

## 시간여행 / 남원자

비가 오면 양철 대야에 물을 받아
세숫대야에 빗물 받아서 몌을 감고
맨발로 뛰어다니던 코흘리개 시절
초가지붕에서 뚝 뚝 떨어지는 빗방울

초가 마당 진흙탕 물 바닷속에서
지렁이가 하늘에서 떨어진 줄 알고
세숫대야 머리에 쓰고 진흙탕에서
미끄러지고 넘어졌던 어릴 적 추억

그 추억 속 친구들 지금은 어디에
여름밤 실바람에 실려 온 그리움 하나
눈물 가득 사연을 담았습니다

이 밤 세차게 내리는 빗줄기
하늘에 구멍이 났나 불이 났나
요란한 음악 소리와 함께
시간 여행하고 다닙니다

청춘은 늙고 시간과 함께 늙어갑니다
시간은 잡으려 해도 도망가고
저만치 달아나 버립니다.

# 해바라기 같은 당신 / 남원자

당신은 해바라기 나의 사랑
삶이 힘이 들고 아파도
웃으면서 괜찮아하잖아
언제나 긍정적으로 사는 사람

비가 오거나 눈이 와도
바람막이가 되어 주고
햇빛을 막아주는 당신은
해만 바라보는 해바라기

바람 불고 태풍이 몰아쳐도
뿌리 깊은 소나무 같은 사람
내일 죽어도 오늘 사과나무
한 그루를 심겠다고 다짐한 그대

요즘 자꾸만 늘어가는 한숨 소리
이제 천천히 내려놓으세요
어차피 인생은 빈손으로 왔다가
빈손으로 가는데
천천히 쉼, 하면서 가세요.

# 시인 노금영

## 프로필

- 1962년 영광 출생
- 2016년 3월. 계간[대한문학세계]신인상
- 2016년 11월. 햇살 드는 창(공저)
- 2017년 3월. 계간[시원]신인상
- 2020년 12월. 한국시원시인회 시원의 향기(공저)

# 모두가 호수에 내려와 있다 / 노금영

호수에 거꾸로 박힌 하늘은 발아래 있다

높게만 보이는 산허리도 호수에 들어와 있고

잘게 부서진 구름도 바람을 뚫고 내려와

호수에 눕고

내가 살던 집도 밭고랑도 호수에서

빠져나오지 못하고 거꾸로 누워 있다

발아래 있는 모든 것들은 하늘을 본다

호수가 숨을 쉬고 있을 때

한바탕 출렁거리고 수양버들 가지 끝에 매달린

잠자리가 하늘로 날아오를 때

또 한 번 출렁거리며 파도처럼 흩어졌다 제자리로

돌아오곤 한다

발아래 있는 모든 것들은 숨을 쉬고 있지만

내가 하늘을 쳐다보고 있을 때

그 속에서 여백이 만들어지고 숨 쉴 수 있을 때

바람은 그곳을 자연스럽게 통과한다

# 언어들의 융합 / 노금영

문장이 꼬리를 물면 그 속에서 상상할 수 없는
꽃이 핀다
언어가 숨을 쉴 때 땅속에서 어린 꽃들이
나풀거리고
바람이 언 땅을 녹이고 있을 때
땅속에 숨어있던 문장들이 문을 열고 나온다
새싹은 새싹끼리 입을 맞춰 가고
나무는 나무들끼리 줄을 맞추고
오래전에 그랬던 것처럼 구름은 햇살을 밀고
내려온다

감춰진 커튼을 걷어 내면 언어들이 보이고
오늘 하루를 끝내면 새떼들은 하늘로 날아가고
쪼아 된 씨앗들이 세상에 뿌려지면
그 속에서 문장들이 꿈틀거리며 밖으로 나온다

## 오래된 의자 / 노금영

주인을 잃은 의자는 늙은 노인처럼
구석에 쪼그리고 앉자 기억을 더듬는다

한때는 풋풋한 계절로 와서 햇볕을 받고
사랑을 받고 어린아이들처럼
주인이 되어
웃음소리가 한창일 때가 있었다

바람은 지난날을 기억하며
낡은 의자를 스쳐가고 노인은 늙은 의자에
앉자 오월 장미꽃이 필 때처럼 무거운 짐을
내려놓고 있을 때
경계선으로 검은 그림자가 지나간다

울타리 사이로 들어오는 가을 햇살을
노인은 온몸으로 받고 빌딩 사이로
서 있는 대추나무는 왠지 키가 작아 보인다

# 두 개의 불빛 / 노금영

저녁으로 가는 길목에서 누구나 망설일 때가 있다.

나는 22번 버스를 타고 내릴 곳을

망설이다가 두 정거장을 지나쳐서 내렸다

그곳은 아직 도시에 때가 묻지 않아

도시로 진입하기 전이고 풀과 나무 그리고

돌멩이와 먼지들이 날리고 도로 옆에는

들꽃이 하얀 가루를 뒤집어쓰고 꽃대만 남아 있었다.

얼마나 걸었을까

두 정거장이나 더 걸어온 길을 돌아본다

보이는 것은 불빛들이 도시를 점령하고 눈은

먹먹해 오고 있을 때, 멀리서 들려오는

개구리울음소리가 발길을 이끌고 들어간 곳은

불빛이 소등처럼 흉내만 내고 있는 포장마차였다

나는 빈 의자에 몸을 의지하고 소주 한 잔을 마신다.

두 개의 불빛이 소주잔에 가라앉고

또 한 잔을 마신다

몇 잔을 더 마시고 나서야 불룩해진 옆구리를

풀어 헤치고 포장마차를 나와 불빛이

환하게 보이고 있는 도시를 향해 뛰었다

# 사는 것은 / 노금영

산은 호수에 몸을 맡기고 산다
자신의 모습을 볼 수 없을 때는
산은 가끔 호수에 내려와 좌장을 하고 있다
흐린 날은 싫다고 하지만 비가 오거나
바람 부는 날은 서둘러 산으로 올라오고
구름이 멈춰 서 있을 때는 하늘을 가리고 있다
사람도 가끔은 거울을 본다
그리고 거꾸로 서서 자신을 보려 한다
자신이 희미하게 보일 때 간절한 마음으로
거울을 닦아본다
산은 구름을 껴안고 내려올 때도 있지만
비를 맞고 내려올 때도 있다
바람에 흔들릴 때 바람을 껴안고 올 때도 있다
사는 것은 이처럼 흔들리면서 웃고 우는 것이다.

# 시인 문경기

## 프로필

- 경기도 화성시 거주
- 대한문학세계 시 부문 등단(2017년)
- (사)창작문학예술인협의회 회원
- 대한문인협회 경기지회 정회원

- 철도청(한국철도공사) 공무원 정년퇴직
- 코레일, 인천교통공사, 코레일네트웍스 역장 역임
- 철도문화해설사, 철도안전운행관리자

〈수상〉
- 모범 공무원상
- 정부 옥조근정훈장
- 대한문학세계 신인문학상
- 2019년 한국문학 발전상
- 2020년 명인명시 특선시인선 시인 선정

〈공저〉
- 시숲의 시향기 동인지 1집~3집 (다온문예)
- 2020 명인명시 특선시인선 시집
- 다온문예 계간지 외 다수

# 매향리의 봄 / 문경기

전투기 굉음과 포성이 사라지고
어렵게 평화가 찾아온 매향리에
향긋한 매화 향기 짙어 오는데

반세기 동안 전쟁의 기억 속에서
헤어나지 못하고 방황하던 삶은
부초처럼 떠다니며 피폐하였지

숲이 울창했던 천혜의 농섬은
포격으로 반쪽이 산산이 부서지고
포탄의 잔해만 널브러져 있지만

평화를 염원하는 마음을 품고서
하얀 비둘기 떼 힘차게 날아오르니
매화꽃 피는 매향리에도 봄이 온다

# 인생길 / 문경기

눈보라 비바람 치는 계절 속에서도
가냘픈 나무는 흔들리고 젖지만
인고의 아름다운 꽃을 피워내고

거친 바다에 풍랑이 일어나도
바닷새들은 추락하며 중심을 잡아
파도를 헤치며 하늘로 비상하듯이

고난의 파도 세차게 밀려오는
우리들이 걸어가는 인생길
모진 풍파 이겨내며 살아가야 해

# 오월의 품 / 문경기

연분홍 산 벚꽃 스러져가며
진녹색으로 물들어 가는 산

푸르른 밀보리 피어나면서
생기 가득하게 번져가는 들

아침 이슬방울 머금은 채
너른 벌판으로 흐르는 강

오월은 선한 넓은 가슴으로
온 누리를 따뜻하게 품는다

# 능소화 연정 / 문경기

그 얼마나 그리움이 사무쳤으면
뭇 꽃들이 피는 계절을 외면한 채
처연하게 이 여름에 꽃을 피우나

담장 너머 그리운 임 보고 싶어서
일편단심 연정을 마음에 품으며
연모의 푸른 줄기 하늘로 키우네

하늘의 별빛은 변함없이 빛나는데
미리내에 띄워 보낸 분홍빛 연서는
임의 앞바다로 흘러는 갔을까

태양 열기 가득한 폭염 속에서도
임을 향한 연정은 시들지 않고
연한 주황 살굿빛 고운 꽃으로
외롭게 피어나는 능소화 능소화여

# 기적소리 / 문경기

동백꽃 피어나던 고향 역에서
그댄 연분홍 손수건을 흔들며
열차에 몸을 싣고 떠나갔네
슬픈 기적소리 아련하게 남기며

너른 푸른 바다 가슴에 안고
밤하늘의 하얀 별을 보며
마음과 마음이 여울지며 어울려
함께 사랑의 별꽃을 그렸기에

지순하고 아름다운 연정이
세월의 강물에 실려 떠날까 봐
난 마음속 심연의 바다에
닻을 내리고 하염없이 기다렸지

새봄 곱게 핀 별꽃 안고 그대가 오는
귀향 열차 기쁜 기적소리에
바다의 푸른 파도는 춤을 추고
내 마음은 그대 향기로 가득 차네

# 시인 문방순

**프로필**

- 대한문학세계 시 부문 등단
- 짧은 시 짓기 전국 공모전 장려상
- 순우리말 글짓기 전국 공모전 동상
- 한국문학 향토문학상

# 묵은 지 / 문방순

깊게 익은 맛 속에
깊게 익은 세월이 있다
본디
스스로 돌아갈 수 없음을 알았던들
묵은 세월을 거스를 수 없음이
보따리 풀어
새로운 맛 풀어내는
속 깊은 이야기로
살이 되고
약이 되어
그렇게 묵어감이
바램이 되어 감은
살아내어야 하는
애잔한 속내가
시큼한 땀 냄새로
겹겹이 쌓여
그저
몸으로 녹아내릴 뿐

# 길 / 문방순

산다는 건 통증을 견디는 일이다
어제와 똑같은 오늘을 산다는 것
앞서 살아간 이들의 발자국 따라
정해놓은 수순처럼 그들을 닮아가는
건조하게 파삭거리는 시간들이 아프다
삶이란 게
먹고사는 그저 아주 소소한 일일진대
거부할 수도 없는 생의 언저리에서
안개처럼 모호하게 남겨지는
내 흐린 발자국들도 아프다
그 많은 길들의 범람 속에서도
새로운 길 한번 열어보지 못하고
맹목적인 답습의 행렬 속에서
문득 뒤돌아 멈춰 선 이 자리
수없이 명멸하며 상실되는 길들의 살비듬
눈시울 타고 넘는
이른 아침의 이슬처럼
하나둘 사라지는
그 길들은
이제 어디서 또 다른 어떤 길들과 내통하고 있을까

# 이 비가 끝이고 나면 / 문방순

이 비가 끝이고 나면
그대 오시겠지
파릇파릇
고운 손 흔들며
꽁꽁 얼어붙었던 마음
활짝 열고
진한 향기로 그대 오시겠지

이 비가 끝이면
또 하나의 시절을 키워낼
깊은 울림과
땅속 먼 길에서
영혼을 길어 올릴
그대가 오시겠지

이 비가 끝이고 나면
그대를 만나
생명이 꿈틀거리는
희망을 노래하리라
잠자던 사랑과 입맞춤하리라

이 비가 끝이고 나면
그대와 함께 춤을 추리라
봄의 왈츠를

# 시절 / 문방순

가슴 한켠이 뻐근한
이유 없는 통증이 시작이다
계절 통인가
시절 통인가
나이 따라 변해가는 세포의 움직임도
가슴으로 느껴지는
감정의 척도도
내가 나를 끌어안고
버둥거리고 있다
계절마다 느껴져 오는
또 다른 마디마디
흘러 보냄도 담아냄도
알 수없는 색채로 말을 하고 있다
지난 온 시절만큼
딱 그 만큼만 아는 게 답이다
그 무엇도
시절과 때의 흐름을 거부할 수 없는 노릇이다
봄이 온다는 것은
겨울은 떠나야 한다는 것
새로운 세대가 온다는 것은
기성세대는 떠나가야 한다는 것
모를 리 없지만
모른 체해야 한다는 것
시절은
그렇게 서로 외면하며
쓸쓸한 그림자로 떠나가나 보다

# 겨울바람 / 문방순

하늘이 슬퍼지는 계절
바다를 건너 온 바람이
윙윙 슬피 울면
창문 틈에 낀
외로운 하늘과 눈이 마주쳐
이불을 뒤집어쓰고
어머니의 발자국 소리만
기다렸던 시절
겨울바람은 무서움이었지
어머니의 그림자 뒤를
걸어가는 길목에 서서
겨울 바람소리는
무서움보다
애달픈 울음으로 들려온다
엄마만 있으면 무서울 게 없었지
엄마만 있으면
아무 걱정이 없었지
나도
내 아들 딸에게
그런 엄마가 되고 있을까
아직도 내겐
엄마가 필요하다
엄마가 보고 싶다

# 시인 박광섭

## 프로필

- 경기 시흥 거주
- 대한문학세계 시 부문 등단
- (사)창작문학예술인협의회 회원
- 대한문인협회 경기지회 정회원
- 대한창작문예대학 졸업
- 문예창작지도자 자격 취득
- 동인문집 풍경문학 다수 공저

# 마음속의 별 / 박광섭

당신의 짙은 향기가
어둠처럼 번져
그리움을 닫고 있던
커튼 모서리를 젖힙니다

작은 어깨에
구 남매를 등짐처럼 짊어지고
삭풍을 칭칭 동여매고서
어찌 사셨을까

당신의 생전 모습이
두 눈 속에 흘러갑니다
다정한 주름으로
굳은살 박인 손바닥으로
눈물 되어 떨어집니다

오늘 밤 당신의 고무신은
어느 별을 걷고 계실까
마음속에 다져놓은 꽃밭에서
나는 밤하늘의 별을 좇습니다

# 추억 속의 그대 / 박광섭

살갗이 부딪치며
인연의 끈을 잡고
소중함을 바구니에
담아봅니다

청명한 하늘의 푸르름이
먹구름의 얼룩이 지는 날
소중한 추억의 페이지를
꺼내 봅니다

당신과의 첫 만남
화창한 봄날 축복받으며
호수에 석양이 물들어 갈 때
붉은 노을 속에 비친 그대 모습

가녀리게 살랑거리는 수풀 사이로
휘어진 엿가락처럼 축 늘어져
체념하듯 풀어 헤친 머리로
산들바람에 미소 지웠지

소쩍새 울음소리 호수에 메아리치고
온갖 상념에 젖어 있을 때
따뜻한 손길로 찾아온
꿈틀거리는 당신의 숨결

# 이별의 흔적 / 박광섭

임의 향기가
잠들었던 침묵을 깨고
비좁은 창문 틈 사이로
아침 햇살처럼 스며든다

몇 년의 봄이 돌아왔을까
기억의 화분에서 다시 피려는 듯
그녀의 향기는
내 가슴에서 다시 피었다

그녀와 스쳐 지나간 길은
아득히 멀어 보이지 않지만
추억의 속삭임으로 다가와
꽃처럼 하얗게 웃고 있었다

눈물로 떠나보내야만 했던
가슴에 스며든 아픈 기억
오늘은 한 잔의 술을 마시며
그녀의 향기에 취하고 싶은 밤이다.

# 할미꽃 / 박광섭

햇살 가득한 양지바른 곳
그리운 미소를 짓는 너
겸손하게 얼굴 붉힌 모습이
어머니처럼 포근하다

뽀송뽀송 솜털 바지 입고
부끄러워 고개 숙인 모습
허리 한번 펴지 못하고
구부린 채 살아온 모습이 애처롭다

곱고 곱던 얼굴은
근심 걱정에 그을리고
세월의 무게에 짓눌려
숙인 고개가 얼마나 아플까

새우등처럼 휘어진 삶은
깊은 사유에 빠져
홀로 자리를 지키며
조우하지 못한 인연을 그리워한다.

# 추억의 찻집 / 박광섭

길모퉁이
그녀의 향기에
길을 멈추고
피어 나는 추억 속에
잠시 머물어 봅니다

오밀조밀 펼쳐놓은
자리마다
이야기꽃이 몽실몽실
연기처럼 피어오르고

진한 그녀 내음
그윽한 꽃향기에
빛바랜 사진들이
탁자를 물들입니다

와인 한 잔에 볼그레
익어가는 저녁노을
한 올 한 올 창에 수를 놓으며
추억을 찾아 서성거립니다

# 시인 박기숙

## 프로필

- 좋은문학창작예술인협회 시 부문, 수필 부문 등단
- 좋은문학창작예술인협회 시 부문, 수필 부문 작가상 수상
- 대한문인협회 경기지회 정회원
- 대한문인협회 향토문학상 수상
- 서울국제 베뢰아 대학교 대학원 베뢰아 아카데미 본강 수료
- 방송통신대학교 영어 영문학과 졸업
- 성악, 기악 전공(피아노, 기타, 바이올린, 하모니카)
- 전 영어, 음악교사 역임.

〈저서〉
- 시집 "기다림이 머문 자리"

# 뻐꾸기 노래 / 박기숙

뻐꾹 뻐꾹

이산 저산에서 뻐꾸기 노래가
온 산야에 울려 귀를 즐겁게 해준다
뻐꾸기처럼 함께 노래를 불러 본다

한참을 노래하던 뻐꾸기는
갑자기 노래를 멈춘다

같은 새가 아닌 사람이
뻐꾸기 소리를 내니 신기한가 보다

새가 아주 영리하다니 특히 뻐꾸기는 자기의 둥지도 아닌
다른 새의 둥지에 알을 낳는 얌체족 속이니 새 중에서도
파렴치한 새다

그러나 첫봄을 알리는 아름다운 목소리의 주인공이니
다시 한번 뻐꾸기의 아름다운 목소리를 따라 해본다

뻐꾹 뻐꾹 뻐꾹...

## 산딸기 / 박기숙

산에서 빠알갛게 익어가는 새빨간 산딸기야
너는 어찌하여 그리도 빨가니

산에서 자라서 그리도 달콤하니
비탈진 산길을 즐겁고 기쁜 마음으로

이리 둥글 저리 둥글 휘 둘레
눈동자를 굴려 찾는다

새들이 지저귀는 푸른 숲속
언덕배기에는 산딸기가 이리저리
선홍빛으로 물들어 가고 있다

아이야 어서 와서 나와 함께
꽃바구니 옆에 끼고
산딸기를 따러 가자꾸나.

# 우리 다섯 / 박기숙

우리 다섯이 빗속을 걸으며
식당을 찾아간다

다정하고 따뜻한 마음으로
행복의 빗길을 도란도란
소곤소곤하며 걸어간다

유난히도 빗방울이 굵게 떨어지는 가로수 길을
흥겨운 노래를 하며 다섯이서 정답게 걸어간다

이 세상의 그 어느 사람이 우리들의
우정에 금을 그려 놓을 건가

빗줄기가 세차게 내려친다
비에 젖는 줄도 모르고 깔깔거리며 마냥 웃기만 한다

아! 헤어질 시간이다

우리 다섯은 재회의 그날을 기약하며 이별의 아픔을 뒤로하고
각자 자기의 갈 길을 재촉하며 수많은 사람의 군중 속을 걸어
간다

언제나 또 만날까
건강하기만을 바란다
친구야!

# 오월의 장미 / 박기숙

작열하는 저 태양을 보아라

샛말갛게 피어오르는 하얀
구름을 보아라

짙푸르게 익어가는 푸른 대지의
욕망의 불꽃을 보아라

오월의 장미가 담벼락 위에서 뜨겁게
환희의 숨결을 내뿜고 있다

어쩌면 새빨갛게 불타올라
정열의 마음을 선홍빛으로
물들일 수 있을까

인생의 가는 길이 장미꽃으로
뿌려지면 나는 그 길을 걸어가리라

'바흐의 아리아'를 노래하며
춤추는 백조처럼 사뿐사뿐 걸어가리라.

# 빨간 앵두 / 박기숙

빨간 진주알처럼 알알이 박힌
빨간 앵두를 따서 한입 속에 넣어 본다

이렇게 달고 시원한 앵두를
차를 만들어 먹으면 얼마나 맛있을까

저녁에 들어올 두 아들에게
설탕을 듬뿍 타서 주어야지

벽시계를 바라보며 두 아들이 들어오는
발소리에 귀를 쫑긋하며 반가움에 젖어있다

두 아들의 들어오는 소리 내 귀에 들린다
어서 나가서 손잡고 반겨야지.

# 시인 박미향

## 프로필

- 대한문학세계 시 부문 등단
- (사)창작문학예술인협의회 회원
- 대한문인협회 경기지회 정회원
- 수원문인협회 회원
- 시문회 회원

# 한 마리 새 / 박미향

산등성이 호젓한 길목에
사뿐히 걸터앉아
잔잔한 호수를 바라보며

인생의 굴곡이야 새옹지마
떠도는 방랑길 오랜 세월

이젠 편하게 뱃놀이하며
나머지 인생 채우고 싶다

요단강 바라보는 세월이
자꾸만 짧아지는구나

혼자 외로운 인생아
무엇을 바라며 한숨 짓지 말라

세월 이기는 장사 없더라

## 마스크 시대 / 박미향

원하지 않고 뜻하지 않은
바이러스 침투
긴 시간 동안 잠재우지 못했다

향기도 냄새도 보이지도 않는 것이
스토커처럼 뒷조사하는 걸까
세상을 흔들며 따라다닌다

얼마를 기다려야 떨어져 갈까
영원히 독감처럼 달고 살까
버릴 수 없다면 가지고 놀자

시대를 초월하는 신세계 바이러스
공중을 회전하며 떠도는 비말
21세기 공간이 위태롭다

도약하는 세월을 멈추는 잠재력
서로를 밀고 당기며
거리 두기 생활에 갇혀 버렸다

아름다운 삶의 시대로
활기찬 미래를 꿈꾸는 날이
빨리 왔으면 좋겠다.

# 산행 / 박미향

기쁨의 경지
겨우내 숨 쉬고 있던 시간
봄이란 단어가 밖으로 나가라 한다
강원의 골짜기는 새 삶의 원동력
아름다운 임이 기다리고 있어 좋다

야생에 몸을 맡기면 얻어지는 순간
눈앞이 아찔하다가도 힘이 솟는다
봄부터 가을까지 내게 주어진 하루
심마니의 삶에 활력 보강 소다

신기한 산삼의 경지는 아무도 모른다
내 것이 아니면 절대 보여주시지 않으니까

# 비 오는 날의 수채화 / 박미향

낭랑 18세도 아닌데 가슴이 뛴다
빗속을 질주하는 버스
물안개 산으로 피어오른다
감성이 모인 예술가의 자리
너도, 나도 모두 한 자락 깔고 놀자

정지용 문학관과 생가
초가지붕이 정겹다
육영수 여사 생가
구수한 한옥의 멋이 흐른다

정감이 넘치는 하루
뭐든 망설임 없이 뛰어드는 기질
예술가들의 잔치에 앙코르가 튄다
멋진 날에 그림을 가슴에 깊이 묻자.

# 봄 / 박미향

산과 들에 노란 옷 빨간 옷 파란 옷
알록달록 무지개가 피네요

방실방실 우리 아가 옷도
노랑 병아리 빨간 딸기
무지개 옷들이 춤을 추네요

# 시인 박청규

## 프로필

- 경기 안산 거주
- 대한문학세계 시 부문 등단
- (사)창작문학예술인협의회 회원
- 대한문인협회 경기지회 정회원

# 인생길 / 박청규

산마루 넘어서면
끝이려나 했던
그 숱한 나날들이
찬바람에 가슴을 파고드네
땀에 젖은
저고리 옷고름 풀며
눈바람 안고 고개 넘었을 때
꽃피는 건너편은
푸른 물결 춤추는
건널 수 없는
강이었던 지나온 나날들

산과 강은
그대로이건만
머리는 탈색되고
입은 옷은 해어져 가네
정든 사람
반가운 사람
휴게소에서 만나듯
약속할 수 없는 날과
시간을 예약하고
보내는 마음 떠나는 마음
아쉬움 남긴 채
떠나가네.

# 회상 / 박청규

산마루에 앉아
구비구비 걸어온 길
지나온 반세기
뒤돌아보니
산길 오르듯
숨이 목까지 차올랐던
그때가 그립다

세월은 강물처럼 흘러가고
열매는 떨어져도
마음은 그대로인데
꽃향기 안주 삼아 봄바람에 취한다
동백꽃 한 송이
지난겨울 설한풍 참고
누구를 기다리고 애태우다
붉게 되었나

푸른 시절 창가에 서성이던
옛 추억이 지금은 가슴속에
꿈틀거릴 뿐
날이 새면 밀려왔던 파도가
방파제에 부딪쳐 부서지고
아무 일 없었다는 듯
다시 가버리는 바닷물같이
또 하루가
침묵 속에 지나간다.

# 부모 마음 / 박청규

밤낮 두 팔 벌려 걱정하고
온몸 흔들어 쫓던
산새들과 짐승들

쌀쌀한 가을바람 불어
곡식들 추수되어
제 갈 길로
모두 다 떠난 후

짐승들과 새 떼들
다시 오지 않아도

허수아비
텅 빈 쓸쓸한 들판에
비를 맞고
홀로 외로이
그대로 서 있다.

# 아름다움 / 박청규

산 넘어
산 있으되
뒷산이
앞산 되려 하지 않고

언덕 아래
호수는
언덕 되려 하지 않고

땅은
하늘을
부러워하지 않는다.

# 비 / 박청규

하늘에서 내리는 비는
옷을 적시지만

가슴에서 내리는 비는
영혼을 적십니다

하늘에서 내리는 비는
바람에 마르지만

가슴에서 내리는 비는
사랑에 마릅니다.

# 시인 배정숙

## 프로필

- 경기 남양주 거주
- 대한문학세계 시 부문 등단
- (사)창작문학예술인협의회 회원
- 대한문인협회 정회원
- 대한문인협회 경기지회 정회원

## 동아줄 / 배정숙

이슬비가 내립니다
금빛 동아줄을 타고 내려오는
이슬비는 장미꽃잎 위에
앉아서 입맞춤합니다

이슬비가 내립니다
은빛 동아줄을 타고 내려오는
이슬비는 거미줄에 앉아서
그네를 탑니다

이슬비가 내립니다
동아줄을 타고 내려오는
이슬비는 내 가슴에 앉아서
토닥토닥 속삭여 줍니다

쉬엄쉬엄 소풍 가듯
그리 사르라고
하늘의 소식을 전해줍니다.

## 이사하던 날 / 배정숙

언덕 위에 하얀 집
내생에 첫 아파트로
이사를 하던 날

천하를 얻은 듯
집안에서도 웃고
집밖에서도 웃는다

나의 기쁨 그대의 기쁨
올망졸망 푸름이들
내방이 생겼다고 신이 났구나

예쁘다
겉면을 보아도
내부를 보아도
거울 속에 함박꽃처럼 웃는 소녀도

대궐 같은 우리 집
앞을 보니 한강이고
뒤를 보니 푸른 산 소나무 향이
살포시 바람에 날아온다
고생 끝 행복 시작.

# 희망 사항 / 배정숙

아내의 남친은 세상에서 제일 잘 생겼습니다
외모도 준수하여 같이 걸으면
뭇 사람들이 힐끔힐끔 쳐다보며
정말 멋지다며 엄지 척하지요

아내의 남친은 성격도 대한민국
넘버원 사람을 기분 좋게 하는 매너와
보이지 않는 편안함이 마냥 좋지요

아내의 남친은 요리도 잘해서
가끔씩 아귀찜을 정성과 사랑이란
양념을 추가해 요리해 주지요
"얼마나 맛있게요"

아내의 남친은 경제개념이 확실하여
신혼 때부터 경제계획을 세워 현재는 물론
노후도 돈 걱정은 안 해도 되지요

세상에서 내가 제일 예쁘다며 하하 허허
웃는 유모 있는 사람이 저의 남편입니다
다시 태어나도 지금처럼 결혼하고
행복 여행자가 되고 싶지요.

# 안개에 갇힌 세월 / 배정숙

푸르던 연초록 새순이
붉은 단풍 되어 갈바람에
다 지도록

바람은 오가며 자유로운데
강물도 유유히 흘러가는데
손이 있어도 임 부를 수 없고
발이 있어도 임 찾아갈 수가 없네

보이지 않고 잡히지도 않는
코로나 19는 왜 그래
얼굴에 마스크 쓰고
그대 마음 곁에 노닐고 싶은 꿈
안개에 갇힌 세월 꿈길로 찾아 나선다.

# 시험 보는 날 / 배정숙

엄니는
아무 말씀을 안 하시며
등 한번 토닥토닥

내 맘이
생각이 많아질세라
다른 생각 들세라

말 대신에 토닥여 주시는
엄니를 오랜 시간이
지나서야 알았다.

# 시인 백영숙

**프로필**

- 대한문학세계 시 부문 등단
- (사)창작문학예술인협의회 회원
- 대한문인협회 정회원
- 대한문인협회 경기지회 정회원

## 사랑아 / 백영숙

사랑아
사랑아
내 사랑아
보고 싶어
가만히 눈 감으니
흐르는 눈물이
그리움 되어
긴 한숨으로
불러나 보자
내 사랑아~

# 떠나려거든 / 백영숙

가야 하나요

꼭 떠나가야 하거든

그냥 바람처럼 가세요

붙잡는다고 머물지 말고

애써 발길 돌리지 말고

그냥 가세요

내 맘속에서도

그냥 떠나가세요

나 또한

그대 가슴에

머물지 않을 테니

뒤돌아보지 말고

고개 숙여 울지도 말고

그냥 가세요

나 또한

그대 그리워 울지 않을 테니...

## 오월에 / 백영숙

오월
저 끝자락을
붙잡고 싶은 간절한 손짓
어느 찻집에
너와 마주 앉아 있는 건
나 아닌 다른 사람
가슴을 짓누르고 있는 것이
돌덩이처럼 아프다
너를 보고 있는 그 사람도
나처럼 아프지 않기를
빌어본다
자꾸만 아픈 이 가슴이
차라리 꿈이었으면
오월의 어느 날
함박눈이라도 펑펑 내렸으면
떠나갈 네가 뒤돌아볼 수 없게
보고 싶은 네 모습이 보이지 않도록
하얀 눈 이 내렸으면 좋겠다
그 먼~날에
너 아닌 내가
아직도 너를
찾아다니고 있는 건 아닐지

# 찔레꽃 / 백영숙

어디선가
그리운 냄새가 난다
꿈속에서 만났던
그 냄새
무슨 냄새지
가만히 맡아보니
그 냄새
아~~
보고 싶은
엄마의 품에서 나던
그 냄새였다

# 선물 / 백영숙

커피 향기처럼
그리운 사람
내게 달려와 입맞춤해줄
그런 사람이
너였으면 좋겠습니다

내일도
네가 꼭 보고 싶을 거야
하면서 지금 달려와 줄
바람 같은 사람이
너였으면 좋겠습니다

수줍어 웃는 내게
하얀 안개꽃 한 다발
안기여 줄
선물 같은 사람이
너였으면 좋겠습니다

# 시인 사방천

## 프로필

- 대한문학세계 시 부문 등단
- 대한문인협회 경기지회 정회원
- (사)창작문학예술인협의회 회원
- 양평문화원 정회원
- 대한문인협회 향토문학상 수상(2011.12)
- 대한문인협회 한국문학발전상 수상(2012.12)
- 대한문인협회 한국문학 올해의 작가상(2013.12)
- 대한문인협회 한국문화예술인 금상(2014.12)
- 대한창작문예대학 졸업 경연 특별상(2016.06)
- 한 줄 시 짓기 전국 공모전 특별상(2016.06)
- 대한문인협회 한국문학 올해의 작가상(2016.12)
- 대한문인협회 한국문학 특별상(2017.12)
- 대한문인협회 이달의 시인 선정(2019.09)
- 2012년, 2013년, 2015년 명인명시 특선시인선
- 2015년 우리들의 여백, 서울인천동인지 "들꽃처럼 제2집"
- 2016년 동인 문집, 경기 동인지

〈저서〉
- 제1시집 "세월 잘못 만나" (2013년)
- 제2시집 "풍류" (2016년)
- 제3시집 "인내와 노력 하면 꿈은 이루어진다" (2019년)

# 단종과 금부도사 / 사방천

금부도사 사약을 가지고
첩첩산중 영월 땅 단종의 유배지
당도하니 산허리 안고 흐르는 물은
단종이 밤낮으로 흘린 눈물이요

왕위를 찬탈(簒奪)당하고
칠 일 만에 창덕궁에서 노산군으로
강봉(강등) 되어 인적 없이
짐승들만 우글대는 깊은 산중 영월 땅
뒷산 절벽 아래 어린 단종 귀양살이
금부도사의 진언 받은 사약으로 승하하셨네!

산허리 부여안고
흐르는 물은 단종의 눈물이요
불어오는 바람은
금부도사의 비통한 한숨이라
병풍같이 둘러싼 앞산 초목은
연연히 피고 져도
승하하신 어린 단종 돌아올 줄 모르네

# 백발의 청춘 / 사방천

청명한 하늘
산천에 오색단풍
추풍에 국화꽃 향기가
풍겨오고 지천에 만개한
낙엽 날아다니는
깊어 가는 가을 나그네
마음 외롭게 하네?

삭풍은 옷깃을 여미게 하고
한설에 기러기 날며
무심히 가는 세월 나그네
발길 재촉하니 무심하고
야속도 하네

무정한 세월아 동행하던
청춘도 어데 가고 백발 된
황혼길 발길만 바쁜 이
가는 저 세월아 무정하게
가지 말고 백발에 이 청춘
쉬엄쉬엄 가게 하여라.

## 청계산과 백운호수 / 사방천

청계산이 품에 안은
백운호수 둘레길
지주 세워 다리 놓고
오가는 등산로
인산인해 이루었네.

백운호수 둘레길 걷노라면
단풍잎 삭풍에 춤을 추고
호수에는 은빛 물결 일렁이며
바라보는 행인들 웃음 짓는 얼굴
오가는 사람마다 행복이 넘치네.

삭풍이 문을 여는 입동의
넘어가는 석양이 붉게 노을 지며
찬바람은 옷깃을 여미게 하고
낙엽도 바람에 나부끼며
청계산 연변에 어둠이 찾아들며
경자년도 저물어 간다.

# 청춘 세월 / 사방천

세월은 청춘을
열심히 살라 하더니
황혼길 접어드니
마음대로 살라 하네
몸은 늙고 허리는 굽어
지팡이 의지하니
할 일 없고
갈 곳 없는 골방 신세

청춘 시절 어느덧
다 지나 몸은 늙었어도
마음은 청춘이라
푸른 하늘 뭉게구름
자연의 소리에
구름 타고 바람에 실려
산천경개 둘러보니

심산유곡深山幽谷
물소리 새소리는
옛날 같은데
그림같이 곱던 얼굴
주름만 늘어가고
검은 머리 백발 되니
혈기 왕성하던
청춘마저 간 곳이 없네

# 옛정 / 사방천

옛정을 못 잊어
고향길 들어서니
동구 밖 오솔길에
산천초목 풀 냄새
아카시아 꽃향기는
옛날 같은데
유구한 산천은 파괴되어
옛 모습 간 곳이 없네

화창한 오월의 초여름
무릉도원 계곡물 소리도
옛날같이 녹색 벌판에
한 포기 철쭉꽃 활짝 피어
벌 나비 모여 춤추며
산천의 미아리가 나를 반기네

비호 고개 올라서니
삿갓봉 구름 걷히고
맑은 하늘 태양이 비추니
아지랑이 가물가물
종달새 노랫소린 옛날 같은데
같이 놀던 친구는 어디 가고
타인만 모여 사네.

# 시인 서준석

## 프로필

- 서울 문화예술대학교 실버문화 경영학과 졸업
- 대한문학세계 시 부문 등단
- 덕양 복지센터 어울림대학 문예창작학 수강중
- 어울림대학 한 살매 시화전
- 대한문인협회 정회원

# 그리움 / 서준석

콧잔등 시럽게
바람 불던 언덕엔
봄빛이 완연한데

돌아온단 기약 없이
떠난 사람 생각하니
속 눈썹 젖어 오네

어찌 그리 야속한지
어찌 그리 그리운지
어찌 그리 보고픈 지

낙조에 물든 빨간 구름
내 섧은 마음 달래듯이
한숨 쉬며 흘러가네

사무치는 눈물 편지
입김 불어
허공으로 띄워본다.

## 꽃 보라 / 서준석

밤새
기척도 내지 않고
흰 꽃잎 꽃 보라가
새근새근 아기가 잠든
지붕 위로
한도 없이 흩날린다.

한계령 골 짜 구니
쓰러 질듯 서 있는
노송 가지에 한 아름씩
수북수북 올려주고

내미는 손바닥에 떨어져
금 세 녹아 없어져도
멈추는 걸 잊었는지

첫닭 우는 새벽
앞 산기슭 오솔길에
새하얀 이불 펼쳐놓고
시집가신 누님
첫 친정 나들이오실 제
쌍무지개 떴으면

## 내 사랑 당신 / 서준석

지문이 닳은 손 베개 삼아
곤히 잠든 당신
고른 숨 내쉬는 얼굴 바라봅니다

치매 앓는 시어머니 모실 때
간병인 없이 그 어렵고 힘든
수발들어 드리고

안타까워하며
참으면서 희생하는 것이
사랑이라던 당신

내가 힘들어 지쳤을 때
언제나 웃음으로
토닥이며 용기를 준 당신

곁에 당신이 있어서 나는 정말 행복합니다

거친 손 살포시 잡아봅니다
처음 만났을 때처럼
가슴이 두근댑니다

쑥스러워 침묵으로
말 못 했어도 당신을 사랑합니다.
주름진 당신 얼굴이 참 예쁩니다.

## 마지막 잎새 / 서준석

푸르렀던 잎이 단풍으로 나뒹구는
도시공원 테이크 아웃 노점에서
갓 볶아 내린 아메리카노 진한 내음이
한 바퀴 돌아 흩어져 사라져 가고

오랜 세월 삭아 부서진 벤치 곁을
성글게 흔들거리는 하얀 국화
인연으로 맺었던 지난 흔적들을
지워버려야 한다면서도 간직하고 있다.

옅게 검은 물감 색깔로 저물어져 가는
언덕배기 길목에 뿌려지는 노란빛이
띄엄띄엄 쓸쓸하게 젖어 들고

앙상하게 잎을 내려놓은 나뭇가지
혼자 매달렸다가 떨어지는 마지막 잎새
차마 돌아서서 눈을 감아 버렸다.

# 울 엄니 / 서준석

올빼미 둥지로 날아가고
귀뚜라미 우는 깊은 밤.

늦게 떠오른 달빛이
들창을 두드리면
조용히 일어나시는 엄니.

장독대에
정한수 떠 놓고
두 손 모으신다.

엄니의 치성에 화답하듯
정한수에 떠 있는 달이
흔들거린다.

흐르는 세월은
강산을 몇 번이나
변하게 했어도
울 엄니는
불초 소생의 안위를 위해
눈물을 떨구시며
밤을 지새우신다.

# 시인 송용기

## 프로필

- 대한문학세계 시 부문 등단
- (시)창작문학예술인협의회 회원
- 대한문인협회 경기지회 정회원
- 대한창작문예대학 제10기 졸업
- 대한창작문예대학 졸업 작품 경연대회 은상 수상

## 검도는 한칼이다. / 송용기

우렁찬 기합 소리와
죽도와 손과 발이 하나 되고
기검체일치가 된다

유년 시절에 검도를 하면
예절과 예우 범절을 배우고
집중력 자신감을 느끼게 한다

정신 수량 신체 단련 속에
지친 몸과 마음을 호구를 착용하고
무도로써 경쾌한 소리로 날린다

한칼의 상대를 재방 못 하면
내 목을 내어 주어야 하고
교 검지 애 검도는 한칼이다.

# 든든한 버팀목 / 송용기

나의 삶의 길은 앞만 보고 뛰었지만
언제나 험난했고
언제나 마찬가지였다

실패와 절망을 두려워하지 않았던 나의 인생길
모든 시련을 이겨내야 한다는 신념으로
더 열심히 일하고 땀을 흘렸다

욕심을 버리고 세상을 바라보니
그동안 겪은 고통은
단단해지는 과정이었다는 것을 알았다

산과 물이 절로 높고 스스로 흐르듯이
어떠한 시련에도 흔들리지 않으니
그제서야 세상이 새롭게 다가온다

따사로운 햇살과 시원한 바람처럼
커다란 나무 그늘처럼
나도 누군가에게 든든한 버팀목이 되어주고 싶다

## 인맥이 자산이다. / 송용기

한적한 시골 홀로 단칸방에서
이른 새벽 5시 알람 소리와
닭 우는 소리에 아침을 연다

창밖에는 비가 내리고
빗소리를 들으며 ....
지나간 시간이 필름처럼 스쳐 간다

나는 무엇을 위해 살았는가
지금의 나의 모습도 생각하고
미래도 계획한다

지금껏 스쳐 간 수많은 사람
모두가 훌륭하고 좋은 분이다
가진 건 없지만 열심히 살았고
남아있는 건 인맥이 자산이다.

## 웅장한 버드나무 / 송용기

도심 속에 웅장한 버드나무는
바람 따라 이리저리 출렁거리며
멋지게 날게 짓을 한다

수많은 가지를 지탱하고
바람 따라 출렁이는 가지는
도심 속에 공기청정기가 된다

자연 속에 아름다운 자퇴를 품고
덤 실거리는 가지 사이마다 상쾌함을 주고
세상의 듬직한 생명수가 된다.

# 댄스 / 송용기

한 쌍의 원앙이 리듬에 맞추어
환상의 탱고 춤에 빠져 본다

멋진 포즈로 밀고 당기며
음악 따라 손과 발이 하나 되고

순간의 예술은 리듬 따라 바뀌고
멋진 춤은 연습이 스승이다

다 함께 정열적인 음악에 맞추어
잠시라도 춤에 빠져보자.

# 시인 신주연

## 프로필

- 대한문학세계 시 부문 등단
- (사)창작문학예술인협의회 회원
- 대한문인협회 경기지회 정회원
- 대한문인협회 금주의 시 선정(2020년 7월 3주)
- 한국방송통신대학교 컴퓨터과학과 재학중

# 하얀 찔레꽃 / 신주연

푸른 들녘에 하얀 찔레꽃
곱게도 피었구나

가시에 찔릴까 두려워하며
상고대의 순을 잘라서 입속에 넣어 본다

약간 씁쓰름하고 다디달다
옛날의 상기하고 달던 맛은 어디로 간 것일까

하얀 찔레꽃이 나란히 피어서
산허리를 하얗게 수를 놓았다

어디선가 날아왔는지 산새 한 마리가 찔레꽃 향기에 취해
머물다가 파드득 저 멀리 공중으로 날아간다.

# 알프스산맥 / 신주연

스위스의 알프스산맥!

산 정상은 눈꽃으로 뒤덮였고
아래 대지에는 꽃들이 피어있는 아름다운 도시 속에

나는 융프라우 기차를 타고 설레는 마음으로 터널을 지나갔다
알프스산맥의 정상을 향해 기차는 서서히 가고 있다

산 중간에 도착해서 두 팔을 활짝 펴고
"야... 호!" 하면서 즐겁게 활기찬 노래를 부르고 내려왔다

들 야산 비탈진 곳에는 그림 같은
집들이 즐비하게 늘어서 있고

이름 모를 꽃들이 피어서
아름답게 나를 반겨 주고 있다

언젠가는 다시 한번 가고 싶구나.

# 서해안 해수욕장 / 신주연

수많은 인파에 놀라고 푸른 바다 위에는
하얀 갈매기 떼가 짝을 지어 날아가고 있구나

푸른 바다 위를 떠돌아다니는 조각배는
로망이 가득 찬 한 쌍의 남녀를 태우고
항해를 즐기고 있었다

밀물이 나간 후에 갯벌에서
낙지, 게, 소라를 잡아서 라면에 삶아서
맛있게 친구들과 먹고 집으로 돌아왔다.

# 쎄느강의 추억 / 신주연

프랑스의 쎄느강의 야경은
글자 그대로 환상의
극치의 최고봉이다

강변 둑 위로의 즐비한
고성은 옛날의 전성기를
시사해 주듯 장엄하고 화려하다

금빛 찬란한 야경의 쎄느강의 길거리에는
청춘 아베크족의 밀어들을 속삭이는 천상
재회의 천국이다

화려한 야경
황홀한 불빛
아름다운 청춘 남녀의 모습!

이 모두가 쎄느 강변의 신비스러운 추억이다.

# 여름/ 신주연

뜨거운 여름이 작열하듯
서서히 다가오고 있다

지구는 점점 더워지고 코로나
확진자는 점점 늘어나니 과연
백신 접종을 다 하면 코로나가 완전히 소멸하려나?

뜨거운 여름은 더욱더 지구를
기온 상승으로 달구고

하늘에서 내리는 빗물은
시도 때도 없이 하늘을 쥐어짜서

눈물을 흐르게 만드니
어찌해야 좋은 시절이 오려나

기도로 간구를 해본다

청춘의 계절이요 사랑의 계절이며
폭염의 계절인 여름

우리 다 함께 잘 보내자.

# 시인 신창홍

## 프로필

- 경기 안산 대부동 출생
- 대한문학세계 시 부문 등단
- 대한문인협회 경기지회 정회원
- 한국문인협회 안양지부 정회원
- (사)한국문학해설교육원 문학해설사
- 한국시사문단 작가협회 회원

〈저서〉
- 시집 "깨어있는 날들"

- E-mail : dkengi@naver.com

# 편지 / 신창홍

멀리 떨어져 있어도
따스한 손길은 그대로 전해지고
기억을 들추어내지 않아도
옛이야기는 새록새록 피어난다

화사한 봄날의 햇살처럼
마음은 설렘으로 부풀어 오르고
고단하고 나른했던 일상에
생기가 돌고 열정이 살아난다

삶의 빛나는 순간은 오지 않을지라도
내일 또 내일
가슴 데워줄 희망은 간직할 수 있다
진실하게 와닿는 너의 마음으로

# 삼월 언덕 / 신창홍

삼월 언덕엔
댑바람* 불어와
가냘프게 떨리는 앙상한 가지는
작은 몸부림으로 흐느끼고

높은 철탑 전선줄 위로
펼쳐진 하늘은
내 안 어딘가에 가끔 나타나는
공허한 마음처럼 시린 비색(翡色)이다

무덤가 황금 잔디는
찾아주는 이 없어
겨우내 탈색된 머리 결
윤기는 가신 지 오래고

오만한 계절의 거드름에
첫 울음소리 조차도 내지 못한
철쭉 가지 끝에 새순 몽우리는
서투른 호흡으로 생(生)을 보챈다

─────────────
* 댑바람 : 북쪽에서 불어오는 큰 바람 (순 우리말)

# 산사에서 / 신창홍

꽃이 피면
꽃이 피는 대로
세상은 또 하나의 기쁨처럼
종달새 지저귀고

바람 불면
바람이 부는 대로
생(生)은 또 하나의 시련처럼
이리저리 흔들리네

등 돌린 시간들은 오는 듯 가버리고
남겨진 것들을 헤아려 보지만
손마디 사이로 달아나는 물결처럼
의미 없이 지나쳐버린 세월의 흔적들

철없어 순수했던 날들의 기억들은
소녀의 손톱에 봉숭아 물처럼
조금씩 조금씩 지워져 가고

돌아가고 싶은 간절한 시절은
꿈속의 일인 듯 아련하다

# 약속2 / 신창홍

어제 저문 태양은
그토록 강렬했던 열정에도 모자란 듯
오늘도 힘찬 모습으로 일어나
또다시 생기를 실어 나르고

지난 봄 만발했던 수많은 꽃들
짧은 만남에 아쉬움 많았는데
지친 마음 달래주는 아름다운 위로처럼
계절 따라 돌아와 향기를 날리네

세상의 모든 것은 가고 오는 것인가
정해진 듯 떠나가고 흘러가고
운명처럼 다가오고 돌아오고
약속처럼 만나고 헤어지고

하루의 길이는 저마다 다르지만
시간의 소중함은 누구나 한결같고
지나간 모든 것은 아쉬움뿐이지만
내일은 희망으로 맞이할 수 있기를

# 병상(病床)편지 / 신창홍

찬바람만 스쳐 가던 서쪽 창가에
나른한 오후의 햇살이 다다르면
영사기에 비친 먼지들처럼
이방인 같은 낯선 감각들이
굶주린 햇살을 향해 달려들고

지루하게 참아온 갈증들처럼
창백한 형상의 무료함 들이
햇살 하나로 화사한 세상
그대의 그늘진 마음도
그 온기에 윤이 났으면 좋겠다

늦가을 짧은 햇살은
서둘러 점심 한 그릇 해결하고
떠나가는 타향의 손님처럼
잠시의 여유도 없이 가버리고
거리엔 차가운 어둠이 내린다

작은 공간의 잿빛 침묵에
투명하게 깨어나는 시린 비색들이
선명한 아픔처럼 잔인할지라도
그대의 여리고 순수한 감정에
상처가 되지 않았으면 좋겠다

# 시인 안선희

## 프로필

- 교사, 시인, 작사가

〈저서〉
- 둥지에 머무는 햇살
- 사랑에 기대다
- 사랑이 스미다
- 가곡집 〈시를 노래하다〉

# 붉은 나팔꽃 / 안선희

새벽 이슬 내리자
나팔꽃 넝쿨이 울타리를
단단하게 감아 올라간다

우리의 사랑도 저렇듯
단단한 줄 알았건만
종이처럼 구겨진 옛이야기

아직 새살에는 딱쟁이도 앉지 않았다

뜨거운 미움으로도 씻어내지 못한
그림자 되새김질하다
길모퉁이에서 마주하던 날

피고 또 피어오르는 나팔꽃은
왜 그다지도 너그러울까
하늘을 찌르던 미움도
소리없이 스러졌다

사랑은 서로의 흉터를 보듬으며
시나브로 여물어 가는 것
새벽 이슬 머금고 피워 올린
붉은 나팔꽃처럼

# 인연 / 안선희

짧은 만남으로 내 곁에 머물렀기에
얼마나 소중한 사람인지 몰랐습니다
이 작은 세상 어디서든
다시 만날 인연인 줄 알았어요

하루, 이틀, 시간이 흐르고
언제부턴가
당신이 생각나면
눈물이 차올랐습니다

오랜 시간이 흘러
우리는 다시 만났지만
인사도 나누지 못하였어요
상심한 내 가슴은 빗장을 열고
당신을 멀리멀리 날려 보냈지요

사막 같은 세상 힘들어
그리움도 잊고 살다가
우연히 뒤를 돌아보았을 때
바로 등 뒤에서
보일 듯 말 듯한 미소로
사랑의 인사를 건네는 당신

우리가 같은 하늘 아래
공존하고 있음을 깨닫자
행복의 빛깔이
내 삶을 물들입니다

좋은 사람
당신이 또다시
나를 울게 합니다

# 개울가 몽당솔 / 안선희

달무리 어슴푸른 겨울 숲
봄빛이 얼음장을 깨웠다
돌 틈 사이 물소리에
반색하며 허리 깊어지는
몽당소나무

숱한 유혹의 바람에도
외곬으로 개울을 지키다
일찍이 철들어버린
시린 눈매

외솔의 고독
단단하게 이겨낸
어린 왕자여
개울의 입맞춤으로 시작된
봄에는 외롭지 않으리라

# 우산 / 안선희

당신은 왼쪽
나는 오른쪽
우산을 나눠 쓰고
비를 피해 들어간 식당에서
얼큰한 전골에 소주잔 기울입니다

서로 다른 직장의 번뇌
맞장구를 찰떡처럼 치는 새
모든 화가 슬그머니 풀려
돌아가는 발걸음은
한없이 가벼웠습니다

오늘같이 비 오는 날이면
이제 나의 우산은 갈 곳을 잃고
하염없이 내리는 빗물에
한 사람의 얼굴을
자꾸만 씻어내립니다

# 시인 염경희

## 프로필

- 경기 이천 거주
- 대한문학세계 시 부문 등단
- (사)창작문학예술인협의회 회원
- 대한문인협회 경기지회 정회원

- 2020년 10월 2주 금주의 시 선정
- 2020년 10월 19일 조세금융신문
  　　　　　[詩가 있는 아침] 시 선정
- 2021년 6월 1주 좋은 시 선정

# 낡은 수레 / 염경희

푸서리길 걸어온 반평생
풀벌레 소리 들어 보았는가
솔가지에 걸린 반 반달이 유일한 동무였다

딸 둘 낳고 40년
고운 꽃망울 다칠세라
하찮은 들꽃조차 외면한 채
앞만 보고 달려온 세월

등이 휘어질 때면
아흔아홉 석지기 기와집에서
대갓집 안주인이 되어
식솔들을 호령하는 꿈도 꾸었다

석 쌈 지기 초가집 살림살이에
꼬장꼬장했던 육신은 어느새
세월 따라 구름 따라 변했다

이제 살맛 나는데, 마음은 청춘인데
앞바퀴는 마디마디 휘어지고
뒷바퀴마저 삐거덕거리는
낡은 수레가 되었단 말인가?

근심 걱정 다 털어놓고
팔도 유람할까 했더니 탈이 나는가 보다
청춘을 되돌릴 수 있다면
젊은 날을 꼭 한번 멋지게 살아보고 싶다.

# 딱 좋은 나이 / 염경희

그때는 왜 몰랐을까
연분홍 치마에 연두저고리
나풀거리면 향기가 나는 것을

그때는 왜 그랬을까
쓰면 쓰다고 달면 달다고
짐이 무거우면 투정도 부려볼 것을

이제 와 젊은 날을 회상하니
어깨 위엔 지게뿐이었고
속내는 검은 숯덩이뿐이었다

사는 게 바빠서
돌아보지 못한 세월
어느새 여기까지 왔을까

참 맛을 다 보고 살아온 삶
황혼 열차에 올라 청춘을 돌아보니
지금이 딱 좋은 나이더라.

# 저녁 한 끼 / 염경희

축 늘어진 어깨 위에
노을빛이 길게 눕는다
한달음에 달려와
곱게 차려낸 저녁 한 끼

오월의 해는 아직
서산 중천에 걸려
유랑하듯 어슬어슬

대궐 같은 기와집에 덜렁 혼자
진수성찬을 차려 놓은들
같이 먹잘 이 없는 저녁 한 끼

오늘이 열닷새
어둠이 내리면 오시겠지
금수저 은수저 마주 놓고서
노을만 지길 기다리는 저녁 한 끼.

# 울 엄마/ 염경희

그리움 가득 안고 고향 가는 길
한들거리는 코스모스도
덩실덩실 더덩실 춤을 춘다.

꽃향기에 뭉게구름 달고 고향 가는 길
산허리에 내려앉은 운무 사이로
울 엄마의 미소가 보인다.

굽은 허리 애써 펴고 손만 내미실 울 엄마
버선발로 반기시던 모습은 세월에 묻었구나.

카랑카랑한 목소리 좇아 한달음에 다다르니
사립문 넘어 전해 오는 향기는
울 엄마의 달콤한 젖내였다.

# 풍년가 / 염경희

네가 왔다는 기별은 진작에 들었다

꽃 잔치에 찾아다니기 바빠
너를 찾을 생각 꿈에도 안 했어

비가 추적추적 내리는 날
너의 고운 목소리 멀리멀리 퍼져간다

겨우내 참았던 너의 속을
털어놓는 것 같아 내 속도 뻥 뻥 뻥

빗소리 들으면 왠지 눈물이 나는데
오늘 밤엔 너와 나 풍년가를 불러보자

우리 농부님들 대풍년 이루시게
힘찬 풍년가 불러보자.

# 시인 오필선

## 프로필

- 「대한문학세계」 시, 「한국산문」 수필 등단
- 대한문인협회 경기지회 홍보국장
- (사)한국문인협회 회원, 안산지부 회원
- (사)한국산문 작가협회 회원
- (사)한반도문인협회 이사
- 「시를 꿈꾸다」 문학회 운영위원
- 새솔동 꽃집 대표

〈저서〉
- 시집 「빛바랜 지난날도 그리움이다」 외 동인지 다수

# 가을 단풍 / 오필선

바람 스치는 갈대밭은
늘 지나는 흔들림
붉어졌을까
공연히 헐거워진 틈으로 쏟아진다
나만

바람이 간다
이별이었을까
갈라진 비파 소리 시린 비명처럼
먼 기적 소리에도 흔들리며 떠난다

아름다운 거짓말이라야
아픈 진심이 닿는 거라며
예배당 종소리 같은 바람이 떠났다
사랑했을까
너는

# 어머니 / 오필선

아스라한 가지 끝을 여리게 매달고
수백 가닥 실타래를 쉼 없이 풀며
푸르러라, 울창해라 그늘로 덮어 주다
눈꽃이 잔설 되어 홀연히 흩날리던 날
손돌바람 서늘한 빈 둥지만 남겨 놓으셨네

그루터기 새겨진 옹이 자국 들추고
곱씹어도 휑한 가슴만 쏟아내던
한없는 사랑에 견줄 길 없는 메마름
멍울 속 애절히 흘러간 야속한 세월에
붉어진 눈시울엔 개여울이 운다

# 능수버들 / 오필선

하얀 눈꽃을 피우던 시간도
물이 흐를 것 같지 않던 개울도
죽은 듯 앙상한 나뭇가지도
지상에서 가장 고통스럽게
지나가는 시간을 마지막이라고 했다

손을 내밀어야 간신히 잡힐 것 같은
치렁치렁 늘어뜨린 푸른 이파리
어둠마저 희석되어 맑아지게
새로운 희망처럼 호수에 등을 밝힌다

끊임없이 생성되고 소멸한다는 것
장엄하고 거룩한 생명이 잉태된다는 것

그것은

무거워질 대로 무거워져야
웅크렸던 지난날을 지우며
말간 하늘을 단단히 틀어쥐고
내려앉은 어깨를 치켜올려
다시 태어난다는 것이다

# 유월의 바다 / 오필선


노을이 떨어지는 저녁
붉게 물드는 수평선을
홀로 바라보는 것은 피해야 한다
그것이 유월의 바다라 할지라도


몽돌을 맨발로 밟거나
무너지지 않을 모래성을 쌓거나
맥없이 부서지는 포말을 눈에 담으면
자칫 석양에 데는 것도 모자라
붉은 태양을 용암으로 토할지도 모른다


뜨거움을 재우려 잠기는 불덩이를
무심히 뒤돌아본 서쪽 바다로
하마터면 너의 얼굴같이 붉어진 갈증을
울컥 쏟아 낸 적도 있었음을


그 치명적인 심연의 시간은 피하는 게 좋다

# 벽창호 / 오필선

별을 바른다
흥건히 스민 음습한 미닫이를 열고
한 겹 한 겹
따사로운 별을 풀칠하듯 바른다

푸르름을 입혀도 꿈쩍 않고
갓난이 춤사위에도 매몰차던
좀처럼 열리지 않던 입으로
별을 먹어 치우는 벽창호

소슬바람을 도르르 말아 쥐고
고사리 같은 새순이 오르는
아스라한 흔들림

닫힌 미닫이가 서걱거리며
벽이 별을 받아먹는다

# 시인 오현정

## 프로필

- 대한문학세계 시 부문 등단
- 대한문학세계 신인 문학상 수상
- (사)창작문학예술인협의회 회원
- 대한문인협회 정회원
- 대한문인협회 경기지회 정회원

# 대출 / 오현정

당신과 함께 라면 성공할 수 있을 것 같았습니다.
이 험한 세상 조금은 쉬울 것 같았습니다.
두렵고, 망설였지만.
여기저기서 먼저 손 내밀어 주며
함께 하자고
한 번쯤은 함께 하는 건.. 나쁜 게 아니라며
저에게 손 내밀었습니다.

당신과 함께 라면 제 꿈을 금방 손에 쥘 것 같았습니다.
당신을 만난 그때를 떠올려보면
세상을 다 가진 것 같았습니다.
드디어.. 나도..

당신을 만나고 나선.. 어떻게 이별해야 할지도.
어떻게 해결해야 할지도..
감당이 되질 않습니다.

당신을 만나니. 매달 매달 의무가 생겼습니다.
당신과 헤어지기 전까진 벗어날 수 없는.

이제는 당신과 헤어지고 싶습니다.
당신과 헤어져 당당히 스스로 일어서고 싶습니다.

하지만, 첫 만남보다 헤어짐이 더 어렵네요.

# 반창고 / 오현정

상처를 덮어주는 반창고
내 마음 상처를 덮어주는 웃음

몸을 위해 영양제를
마음을 위해 웃음을

몸이 괜찮으면
마음 그깟 것쯤은
괜찮을 줄 알았다.

웃음으로 덮어왔던
내 마음의 상처

이젠 반창고를 떼어내고
웃음기를 걷어내고
마음 그깟 것...
너와 마주 서고...
널 보며 웃으련다

# 벌거숭이 / 오현정

언제부턴가 구석에 웅크리고 있던 너란 녀석
난 널 애써 외면했다
많이 힘들고 외로웠을 텐데
혼자서 잘 견뎌왔는데
굳이 내가 널 애써 외면했단다
너무도 잘 지내왔다.
지금도 너무 잘 지내고 있단다.
벌거숭이 네 모습을
이제는 보련다.
사랑으로 보듬어 주련다.

괜찮다.
잘했다.
사랑한다.

# 씨앗 / 오현정

풀밭에 버려진 씨앗 하나
죽을힘을 다해 땅속으로 들어갔다

땅속으로 들어간 버려진 씨앗 하나
죽을힘을 다해 싹을 틔웠다.

죽을힘을 다해 땅을 비집고 나온 새싹 하나
아등바등 쉼 없이 달려 작은 나무가 되었다.

쓸모 있는 그 무엇이 되기 위해
눈에 보이는 그 무엇을 만들기 위해
열매를 맺으려 죽을힘을 다해 노력했다.

나무에서 떨어진 열매 하나.
열매에서 떨어진 씨앗 하나

씨앗 하나
또다시 죽을힘을 다해 땅속으로 들어갔다.

# 아들에게 / 오현정

세상의 모든 사랑을 받는 아들아.
사랑을 가지고 태어난다는 건 누구보다 행복한 일이란다.

사랑을 많이 받으며 자란 사람은
그 사랑을 세상에 돌려줘야 한다는 사실
언제나 잊지 않길 바래본다.

그 누구보다 사랑스럽고 사랑스러운 아들아.
언제나 겸손하며.
언제나 자비로우며
언제나 밝게
세상을 대하렴.

너의 그 밝고 사랑스러운 기운이
온 우주를 다 밝히고도
남을 만큼 큰 에너지를 가지고 있단다.

사랑하고 또 사랑하는 아들아.
우리에게 받은 사랑으로 세상을 밝히는
그런 네 모습을 기대하고 응원하련다.

사랑스런 그 모습이
들녘에 익어가는 곡식처럼
풍성하고 겸손한 모습이길 바래본다.

엄마는 언제까지나 널 응원하고 사랑한단다.

# 시인 오흥태

## 프로필

- 강원 춘천 출생
- "대한문학세계" 시 부문 등단
- 대한문인협회 회원
- 대한문인협회 경기지회 회원
- 「시를 꿈꾸다」 문학회 회원
- 서울교원문학(율립) 시 공모 선정(2017.18.19)
- 서울시지하철 시 공모 선정(2018)
- Email : heung500@hanmail.net

# 만월(滿月) / 오흥태

먹먹하게 어두운 하늘
그려 놓은 듯
모자람 없는 넉넉한 달이
제 멋에 겨워
대낮처럼 부끄럽다

덤덤히 내려다보며
차면 기우는 길
떠나면 오지 않는
그 많은 세월에도
묵묵히 씻긴 듯이 새롭다

한낮의 소란이 가라앉은 도시는
이제 침묵의 시간
서로의 고단함을 어루만지는
낮은 대화 이어지는데
높이가 다른 지붕 위엔
지켜보는 달빛이
더없이 따뜻한데

어디선가 간절한 기도는
잠 못 이루는 영혼의 부름
올려다보는 글썽임과 마주친 달이
중천 하늘에
보석처럼 빛나고 있다.

# 빈 의자 / 오홍태

해 기우는 봄날
멀리 산 벚꽃 환하게 다가오고
작은 덤불 속 오목눈이들 모여
저녁을 준비 한다

조팝나무 흰 꽃무더기 앞
진한 향기 물씬 떠도는
비운지 오래된 의자

누구일까
얼마나 기다린 걸까
쏜살같이 사라지는
살아 있는 소리의 끝처럼
잡을 수 없는 연연을 기다린 건 아닐까

봄밤은 깊어 가고
빈 의자는 달빛 받아 공허한데
하늘하늘 하얀 꽃잎 만
빈자리를 채우고 있다.

# 비와 당신 / 오홍태

비가 저렇게 내리는데
보고 싶다고
어떻게 그럴 수 있을까요

지난밤 꿈길에 남은
당신의 흔적
젖은 꽃눈 살포시
촉촉한 미소로 다가옵니다

당신은 샤스타데이지
순백의 마음 열어 놓고
꽃잎엔 그렁그렁 빗물을 머금은 채
또 한 밤을 하얗게 새웠습니다

무지개를 부르는 운무(雲霧)는
밟히는 그리움의 눈속임
머지않아 붉은 노을이 깔리고 나면
빗속의 긴긴 기다림의 시간은
젖을수록 선명했던
사랑이었습니다.

# 봄이 지나는 길목에서 / 오홍태

철새들이 서둘러 돌아간 강변엔
정적이 흐르고
작은 물결은 옷깃을 풀어
봄볕 따라 반짝인다

잊었던 기억은
파아란 하늘을 향하고
어느새 봄보다 먼저 가슴을 열어
아련한 흔들림으로 다가온다

기다림이 간절할수록
새로움의 한편에 남아있는
내칠 수 없었던 기억의 편린(片鱗)들
잊기도 하련만
아지랑이처럼 어김없이
봄 하늘로 떠오른다

독한 겨울 이겨내고
봄을 먼저 알아본 산수유꽃
그 은은한 향에 눈감으면

이 봄 가기 전 또 많은 밤은 오고
너는 시시(時時)로 떠올라
잠 못 드는 뜨락 꽃그늘에
오래도록 서성이겠지.

# 겨울강 / 오홍태

결박된 결빙에도 멈추지 않는 흐름
경계 너머 고르게 흔들리는 네게서
가라앉은 심장의 박동소리를 듣는다

성난 황소의 등허리를 누르지 못해
주체하지 못한 뜨거움을
겨울강에 송두리째 던져 놓고
우렁우렁 밀려가듯 지나온 삶

질풍노도의 한계 없는 삶도
너의 냉정함에 기대어
정갈한 정한수 안에 녹아 들어
시간으로 풀어 내야 했다

이제 결빙의 끝지점
궁극의 세상 가까이에
모든 것을 삭이고도
무념무상의 흐름은
그 무엇에도 거스름이 없는데

거슬러 돌아가라 한다
성엣장 넘어 더 부딪치고
더 낮게 한눈 팔며
세상의 때 말갛게 바래도록
천천히 지나서 오라 한다.

# 시인 이만우

## 프로필

- 경기도 수원 거주
- 2018년 대한문학세계 시 부문 등단
- (사)창작문학예술인협의회 회원
- 대한문인협회 경기지회 기획국장
- 2019년 한국문학 올해의 시인상 수상
- 2020년 특별초대 명인명시 출품
- 2021년 명인명시 특선시인선 출품

# 왕버들/ 이만우

길게 늘어진 가지가지마다
뽀송뽀송한 솜털이
곱게 솟아나 있다.

빨간 립스틱을 칠한듯한
꽃술에는 달콤한 꿀이
벌과 나비를 유혹한다.

그 고운 자태는
비와 바람을 견디면서
아름다움을 보여 준다.

언제나 그 자리에서
예쁜 모습으로 항상
내 곁에 있었으면 좋겠다.

# 쇠뜨기 / 이만우

이른 봄 넓은 들판에
삐죽삐죽 얼굴을 내밀며
세상이 신기한 듯 바라본다.

마디마디 올라가면서
서로 다르게 생각하며
꽃을 피우고 있다.

무엇이 궁금한지
무엇을 보려는지
자꾸만 높게 올라가려 할까

호기심이 많았던 시기로
돌아가고 싶은 마음은
나의 생각뿐일까?

# 금낭화 / 이만우

옆으로 길게 뻗어 나가면서
마디마디에 주머니를 매달고
한참을 가로질러 간다.

꽃망울의 무게를 지탱하기 위하여
안간힘을 쓰는 모습이
애처롭게 느껴진다.

활처럼 휘어진 줄기에 매달린 꽃들은
나의 자식과도 같이 나를 바라보고
인생의 등줄기처럼 힘차게 서 있다.

멋진 꽃도 한순간에 지고
우리의 삶도 세월의 무게를 짊어지고
떨쳐내면서 흘러만 간다.

# 목련 / 이만우

뽀얀 속살이 수줍음을 타며
살며시 조심스럽게
세상 밖으로 드러내 놓고 있다.

하얀 꽃그늘 아래서
사랑의 시를 읽고 있으면
모든 것이 나의 것이 된다.

살랑살랑 불어오는
봄바람이 정신을 혼미하게 만들며
세상을 덮어 버린다.

꿈속에서 헤매고 있다가
깨어보니 어느덧 봄은
저만큼 지나가 버렸다.

# 꽃다지 / 이만우

따스한 봄기운을
일찍 받아 뿌리가
요동을 치며 일어난다.

겹겹의 꽃받침이 웅크리고
있다가 기지개를 켜면서
팔을 들어 올리며 자리를 잡는다.

노랗고 작은 꽃망울들이
꽃대에 붙어 일찍 햇빛을 보려고
올망졸망하면서 밀려 올라온다.

작고 예쁜 꽃은 마음을 녹이고
마음은 대지를 녹여서
아름다운 들판으로 태어난다.

# 시인 이문희

## 프로필

- 대한문학세계 시 부문 등단
- 대한문인협회 정회원
- 서울시인대학 감사
- 한국시인학교 정회원
- 문학의 숲 고문
- 한국문학 올해의 시인상(18)
- 한국문학 발전상(19)
- 대한문인협회 짧은 '시' 짓기 전국 공모전(18,19,20,) 연 3회 입선

〈공저〉
- 2020년 명인명시 특선시인선
- 2020년 유화로 보는 명인명시선
- 시인의 마을(18)
- 시인의 밥상(19)
- 시인의 동행(20)
- 월간문학바탕 5월호
- 한국시인학교 동인작품선(21)

# 삼신 상 / 이문희

노인 장기요양급여
4급인 중증환자가
삼신상을 차렸습니다

음력으로 사월 이십팔일
내 생일 아침 06시 치매
중증 아내가 잠을 깨웁니다

가지나물 콩나물
고사리 도라지 숙주
대추 밤 곶감 배
미역국 시루떡 갈비찜이랑

삐뚤삐뚤 비리 먹은 망아지
어떻게 걸어서 장을 보고
서방님 생일은 어찌 준비하고
생각을 떠 올린 건지

정성스러운 삼신상 앞에
두 무릎 가지런히 꿇고
나보다 내 아내 살려 달라
기도가 목이 메어
울고 또 울고 말았습니다.

## 달맞이꽃 / 이문희

토닥토닥 밤비 내리는
노오란 달맞이꽃
꽃잎 지는
천둥소리 들린다

비 내리는 어느 날
운신조차 어려운 아내가
후줄근히 비를 맞으며
한사코 옮겨 심은 꽃

아침이면 활짝 반기는 미소
따라 웃던 여읜 아내가
밤새 내리는 빗소리에
잠 못 이루어 앓는 소리 낸다

꽃잎 떨어진 온통
노란 꽃밭에 오로지
나는 당신만을 기다릴래요
눈시울 뜨거운 무언의 사랑.

# 막내 이모 / 이문희

호수처럼 맑고 고운
눈썰미가 닮았다

아지랑이 춤추는
입가에 주름진
미소가 닮았다

꿀물이 담뿍 고인 사투리
어쩌면 그리도 목소리조차
판에 박은 듯 닮았을까?

가슴 시리게
엄마가 그리울 땐
건성건성 서둘러
이모 집엘 간다

눈물 나게 보고픈
엄마 보러
정신도 없이 간다.

# 톱니바퀴 / 이문희

산이 깊으면
물이 고이고
물이 흐르면
산 그림자 따라 흐른다

양지와 음지가 있고
밤이 깊으면 어김없이
새벽닭이 아침을 운다

우주 삼라만상의 섭리는
오늘의 순간순간들을
추호의 착오도 어김없이
지은 대로 꽉 물고
돌고 도는 톱니바퀴

한순간도 뉘우치는 마음
놓아선 안 되는
인생은 용서가 없는
엄숙한 숙명인 것을

## 화이자의 꽃밭 / 이문희

어느 숲에서 시들어가는
이름 없는 꽃들인가?
휠체어에 시든 몸
수도 없이 모여든다

몇 년을 더 살 수 있다고
한순간도 떨어지지 않으려
자식들의 효성이
고목에 활짝 꽃을 피운다

코로나 대재앙을 피하여
어디에다 꼭꼭 숨겨 두었다가
방역 소리에 용기 내어
모시고들 나왔는지?

아직도 우리에겐
시들지 않는 천륜이
아름답게 꽃 피우고 있다는
가슴 뿌듯한 자긍심을 본다

삭막한 들판에
이름 없이 꽃 피운
짙푸른 초원이
한없이 곱기만 하다.

# 시인 이정원

## 프로필

- 아호 : 청강
- 경기도 고양시 거주
- 대한문학세계 시 부문 등단
- (사)창작문학예술인협의회 회원
- 대한문인협회 경기지회 정회원
- 대한물리치료사협회 (KPTA) 정회원

〈수상〉
- 2019 신인문학상 수상
- 2020 대한문인협회 금주의 시 선정
- 2020 대한문인협회 좋은 시 선정
- 2020 유화로 보는 명인명시선 선정
- 2021 명인명시 특선시인선 선정
- 2021 시낭송모음 '명시' 언어로 남다 선정

〈저서〉
- 제1시집 "삶의 항로"

# 삶의 항로 / 이정원

수런거리는 파도가 부서지고
물보라 하얀 꽃이 향연을 펼치니
무수한 생각들이 버선발로 달려온다

숱한 세월 속
이루고자 했던 소망은 수면에서 헤엄치고
냉가슴처럼 얼어붙은 인생은
덩그러니 나뒹구는 조가비 같다

다람쥐 쳇바퀴 돌다 멈춰버린 의욕과
갈림길 없는 미궁에 갇혀버린 미래는
정처 없이 길을 헤맨다

한 줄기 빛 따라 연기처럼 피어날 순 없을까

진실한 나의 삶의 항로
깊은 침묵 속에서도 기도하며
선한 길을 찾아 나선다.

# 봄날은 간다 / 이정원

연초록 돋아나고
꽃눈 틔우던 봄이 엊그제 같은데

벚꽃이 흐드러지게 피더니
어느새 차디찬 바닥에 옹송거리고
살갑던 노란 산수유꽃이
이슬 맺힌 채 이별을 고한다

봄비로 목을 축인 백목련 꽃봉오리는
봄날이 가기 전에 진한 향기를 내뿜는다

연분홍 진달래가
사랑의 감정선을 펼쳐보지도 못했건만
속절없이 봄날이 간다

순리대로 꽃은 피고 지고
인생 또한 덧없이 흘러만 간다

추억을 만들 몸부림처럼
찬란한 봄날은 인생의 일부분인 양
벚꽃이 가듯 여운을 남긴다.

## 못다 한 마음들 / 이정원

화무십일홍 같은 시절이 스쳐 간 자리
오월에 접어들어야 못다 한 생각들이
물결처럼 움실거린다

샘물같이 마르지 않은 사랑도
향긋한 꽃내음으로 여운을 남기듯이
아련한 그리움까지 생생하다

상춘객 마음일지라도
하해(河海) 같은 부모님 은혜 상사화에 비견될까
용광로처럼 뜨겁게 가슴 데운다

애틋한 그리움이 애증의 강으로 흐르는..

사시사철 꽃 피우는 월계화처럼
못다 한 사랑이 오월뿐이겠냐마는
애절한 꽃비 되어 흘러간다.

# 인공지능 알파 詩 / 이정원


탁월한 언어지능 알파 詩
광대한 발상 치밀한 분석의 표현
철옹성 같던 문학세계를 넘나든다

자연과 교감한 감수성으로
창작의 고통을 승화시키는 시인과
시 대국의 서막에 올랐다

문장을 자동 입력하고
정해진 경로 따라 직진하는 알파 詩
인생의 실패를 모르는
고철 덩어리에 불과하다

때론 길을 헤매고
나약해 보이는 인간이지만
세월의 아픔과 모진 고난에
눈물 씨앗 심어서라도 꽃을 피운다

정제된 언어로 애환을 충전하여
번뜩이는 찰나의 묘수보다는
감동과 여운이 푹푹 찌를
정수(正手)로 맞서 끝내 이기리라.

## 바벨탑 / 이정원

욕망의 상징 바벨탑
야심과 겸손의 경계 끝자락에

위로받지 못한 응어리진 마음이
거센 비바람에 휘청거리고
새벽 적막감에 회한의 한숨을 토해낸다

화톳불처럼 뜨겁게 타올랐던
흘러간 기억 조각들
하얀 잿더미로 사라진
허송세월을 돌이킬 순 없을까

여러 갈래로
흩어지고 쪼개진 바벨탑 언어의 저주인가
짐승 같은 어둠이 휘몰아치고
무지개 언약을 저버린 대가를 치른다

내게 주신
일용할 양식을 천천히 곱씹으며
인생의 솟대를 높이 세운다.

# 시인 이정은

## 프로필

- 강원도 강릉 출생
- 2017년 푸른문학 "산사의 향기"로 등단
- 2018년 대한문학세계 "마음자리"로 등단
- (사)창작문학예술인협의회 회원
- 한국문학창작예술협의회 정회원
- 열린동해문학협의회 정회원
- (사)종합문예 유성 회원
- 대한문인협회 경기지회 정회원

- 동인지 : 열린광장 .어울림2
- 가곡 작시 "눈속에 보석"

- 시집 『내 마음의 숲길』

## 어느 날 갑자기 / 이정은

왜 하필 나란 말인가
어이하여 겪어야만 되는 것일까
잘못한 것도 없는 나이련만....

왜 내가 앓아야만 하는가
지금까지 굴곡진 삶을 살았건만
아직도 더 겪을 일이 있단 말인가

여기서 더 얼마를 겪어야 내 삶의 뒤안길은 빛나지도 않고
평범한 내 길을 갈 수 있을까?

# 별 달밤에 / 이정은

그리움으로 널 바라보았고
어느 때인가 싶게 그리움은 가득히 쌓여가고 쌓인다
그리워 울다 그리워 널 해이고
그리운 망향가를 부르짖듯 하고

보고 싶음에 널 기다리고
나도 모르게 널 찾게 되고
너였기에 보고 싶음을 달랠 수가 있어라
너라서 너이기 때문에
이 밤을 해이며 벗한다.

## 찻잔의 고독/ 이정은

어느 때는 따뜻함으로 널 찾고
또 어느 때는 뻥 뚫릴 만큼 시원함으로 널 찾지.

오가는 차창 가에 나 홀로 찻잔의 고독을 채우고
홀짝홀짝 한 모금 한 모금씩 키스하듯 하고

비 올 때면 흘러내리는
빗방울을 벗하며 운치를 더하고
눈부신 햇살 비출 때면
찻잔의 향기는 나의 독백을 삼킨다.

## 낙서 / 이정은

어느 날부턴가
그리움을 펼치고
사랑을 그려가고
외로운 고독을 풀어놓기도 하고 있지 않은가

젊은 날의 내가 아닌 중년이 되어버린 독백으로
쓸쓸함을 느끼며
두서없이 긁적인다

외로움을 가득히 지닌 채
늙어버린 슬픈 중년의 여인으로
걸어가네!

# 빈자리 / 이정은

내 속에 너는 지금 어디에
허전한 마음 잡을 길 없어도 빈 가슴에 피어나는
또 하나의 사랑은 피어나고

눈을 뜨면 하루가 다르게
커지는 널 보면 내 입가엔
미소가 가득하고
기쁨이 차고
행복을 갖고

마음 한쪽에는
텅 빈 것같이 빈자리만이 있을 것만 같아도
너의 작은 자태가 나의 빈 가슴을 채워주네

# 시인 이환규

## 프로필

- 경기도 안양시 거주
- 대한문학세계 시 부문 등단
- (사)창작문학예술인협의회 회원
- 대한문인협회 경기지회 정회원
- 시를꿈꾸다 문학회 회원
- (현) 대한문인협회 상벌위원장
- (현) 경기지회 홍보차장

- 시를 꿈꾸다 제1.2.3집 참여
- 2020년 명인명시 특선시인선

- 2019년 향토문학상 경연대회 금상
- 2019년 10. 3주. 금주의 시 선정
- 2019년 한국문학 올해의 시인상
- 2020년 짧은 시 짓기 전국공모전 동상 수상

## 남자의 계절 / 이환규

고추잠자리는 꿈을 꾸며
창공을 날아다니고

뭉실한 솜구름
하얀 섬 되어 흘러가네

꿈꾸듯 살아오다
세상으로 돌아온 남자는
두 팔 벌려 하늘을 안아본다.

모든 것이 빈손이었다고...

쏟아지는 금빛 햇살에
목욕을 하고
까칠한 수염은 남겨 놓는다.

고독한 술잔 앞에 두고
불러보는 옛 노래

술 한 방울 목구멍에 녹아내려
따뜻하게 위로해 주는데

구름을 지워버린
텅 빈 하늘은 높고 멀어져
어느새
남자를 닮아가고 있다.

# 풍경소리 / 이환규

뜨거운 세상 피해 산길 오르면
아득한 산자락 끝 산사(山寺)에서
딸그랑 딸그랑
풍경이 바람에 날린다

처마를 휘감은 오색비단 단청
청색 적색 황색 백색 흑색
장엄함에 숨이 막힌다

풍경은 바다를 그리며
뜬눈으로 그네를 타고

목조(木造)의 산사
화(火)로 지켜낸다

하늘 바람 불어와 흔들리는 풍경
물고기는 먼바다로 헤엄쳐 간다

## 조각배 / 이환규

찬바람이 얼굴을 때리는
호수 둘레길
물오리는 먹이를 찾아
잠수를 한다.

뛰지는 못하지만
수영도
잠수도 잘하는
물오리

물 위에 오른 부리에는
먹이가 물려 있고
물밑 갈퀴는
바쁘게 움직인다.

바람에 물결 일어나
호수가 일렁여도
마음이 그린 조각배는
흔들리지 않고 호수와 하나가 된다.

# 어머니의 흰머리 / 이환규

봄빛
햇살 좋은 날
산봉우리 눈도 녹고
얼음도 녹아내리던 날

흰 눈을 머리에 얹고 앉아
겨울잠에서 깨지 않은 어머니
흰 눈 내린 머리 걷어 내리려고
미용실에 보내드린다

옛날에는 세월 따라
머리에 흰 눈도 내려앉더니
요즘엔 위아래 없이
흰 눈 이고 앉았다

하얀 겨울에
기름기 빠져 손등 거칠어지고
틀니 빼면 큰 보조개 움푹 들어가
볼을 삼켜도

미용실 다녀온 어머니
파마에 흰머리 걷어 버리니
주름진 얼굴이 환하게
밝아 보인다.

# 할미꽃 / 이환규

할머니는 손주들과 등하교를 같이했다
안전하게 잘 다닐 수 있을 때까지
늘 마중을 나가셨다

애지중지 귀하기도 한 손주들
가볍지 않은 가방을 들어주며
손을 잡고 오는 것이 즐거움이었다

손주들은 청년이 되었고
받은 사랑은 기억의 저편으로 잊혀져
힘없는 늙은이의 설움만 남겨 두었다

꼿꼿한 허리는 반으로 접혀지고
하얀 피부 백발의 머리카락은
곱게 늙어 할미꽃이 되었다

슬픈 추억의 할미꽃
양지바른 무덤가에 자주색 꽃잎 물고
하얀 털 뽀송하게 핀 할미꽃

아들의 아들은 성인이 되었고
할머니의 그 자리는 아들이 물려받았다
자리를 바꿀 때가 되었나 보다.

# 시인 임숙희

## 프로필

- 대한문학세계 시 부문 등단
- (사)창작문학예술인협의회 / 대한문인협회 회원
- 대한시낭송가협회 회원
- (사)한국문인협회 회원
- 시를 꿈꾸다 문학 회장
- 대한문인협회 경기지회 지회장

〈수상〉
- 2014년 대한문인협회 올 해의 시인상, 2015년 한국문학 작가상
- 2016년 한국문학 향토문학상, 2017년 한국문화 예술인 대상
- 2017/2018년 순우리말 글짓기 전국 공모전 은상, 2018년 한국문학 공로상
- 2019년 짧은 시 짓기 전국 공모전 동상, 2019년 한국문학베스트셀러 우수상

〈공저〉
- 햇살 드는 창 (대한문인협회 경기지회 창간호)
- 부천문학, 경기문학, 텃밭문학, 별 숲에 시를 심다, 시를 꿈꾸다 1집, 2집
- 언어의 향기(시를 꿈꾸다 3집) 외 여러 문학회 동인지 다수

〈저서〉
- 제1시집 『가끔은 그렇게 살고 싶다』
- 제2시집 『향기로운 마음』

# 내 사랑 그대 / 임숙희

그대를 내 마음속에 담아두고
잊은 듯이 살고 있지만
늘 곁에 머무는 숨 같은 사람입니다

살아가면서 좋은 날보다 힘겨운 날에
꺼내 보게 되는 그대는
달빛이 잠들면 내일이 밝아오듯이
어두운 마음길에 한 줄기 빛과 같습니다

설렘으로 차오르는 따스한 봄이 오면
다정히 꽃길을 걸으며 마음을 나누고 싶은
해맑은 사람입니다

같은 하늘 아래
우연히라도 만나고 싶은
삶을 다하는 날까지 내 안에 숨 쉬는
그대는 내 사랑입니다.

# 생명의 꽃 / 임숙희

그해, 봄 햇살은 유난히도 고왔다


가파른 계단을 오르내리며
볕이 잘 드는 곳에 둥지를 틀고
크고 작은 화분에 상추, 고추, 토마토를 심고
새 희망의 꿈을 심었다
집들이 선물로 이사 온 앙증맞은 꽃은
집안을 분홍빛으로 물들이고 사랑의 여신이 되었다
마음을 훔치고 한철 화려한 꽃을 피우고 시든 꽃잎은
초라한 모습으로 사람들의 시선에서 멀어지고
마당 한 귀퉁이에서 한 해, 두 해 물 한 모금 겨우 넘기며
겨울 문턱을 위태롭게 넘나들더니
그해, 봄 햇살을 소환하여 찬란히 피어나는
강인한 생명력 앞에서 마음이 숙연해진다.

# 인연의 고리 / 임숙희

세월이 흘러도
깊이 잠재되어 있는 내면은
쉽게 변하지 않는가 보다

모질고 질긴 게 인연인가 보다
이성은 칼날을 세워 싹둑 잘라내는데
가슴은 위태롭게 흔들리곤 한다.

실망과 좌절의 연속에서
타인은 느낄 수 없는 심연의 고통
빠져나가려 하면 막혀버리는 미로

출혈을 감내해야만
끊어 낼 수 있는 인연의 고리
흔들리는 외줄에 실낱같은 희망을 걸어놓고
두 눈 지그시 감아본다.
또
그렇게
바람의 숨결에 숨을 고른다.

# 바람 같은 사람이 그리운 날입니다 / 임숙희

속마음을 다 보여도
부끄러워하지 않아도 좋을
괜찮은 사람이 그리운 날

있는 그대로의 모습을 보여도
부끄러워하지 않아도 좋을
허물없는 사람이 그리운 날

따뜻한 말 한마디에
삶의 기쁨을 느끼며
말없이 포근한 포옹으로
위안을 받는 사람이 있습니다

사소한 일상을 묻는
관심 어린 말 한마디에
가슴 따뜻해 하는 사람이 있습니다

무심히 건넨 말 한마디에
웃고 우는 가슴을
어여쁜 말로 때로는 쓴소리로
마음을 흔드는
바람 같은 사람이 그리운 날입니다.

# 따뜻한 커피 / 임숙희

아침이면 습관처럼
따뜻한 커피를 마신다

바쁜 하루 중
따뜻한 커피 향에 너를 생각하니
풀 향기 솔솔, 참 좋다

따뜻한 커피를 마주한 이 시간
습관처럼 네가 그립다.

# 시인 장금자

## 프로필

- 아호 : 운향
- 경기도 고양시 거주
- 대한문학세계 시 부문 등단
- (사)창작문학예술인협의회 회원
- 대한문인협회 경기지회 정회원
- 대한창작문예대학 제8기 졸업

〈수상〉
- 2017 신인문학상 수상
- 2018 대한문인협회 금주의 시 선정
- 2021 대한문인협회 금주의 시 선정

# 생과 사 / 장금자


묵언으로 산다는 것이
너무 버거워 마음도 열 수 없는데
하늘의 비마저 나를 울린다


사경을 헤매는
가엾은 인생 지기의 고통을
그 뉘라서 알아주리


검붉은 파도가 넘실거리며
따라오라는 듯 손짓하는데
갯바람은 이 아픔을 씻어나 줄까


하늘이 알고 땅도 아는데
허무한 가슴은 자꾸 무너지고
막다른 골목에 서성이는 희미한 생은
만경창파 조각배처럼 무정도 하여라


노마저 물결 따라 떠내려가 버리면
북극성이 있어 본들
그 노를 찾을 수나 있을까?

# 내 마음 나도 몰라 / 장금자

인연이 아닌 줄 알면서도
얼굴만 봐도 가슴 콩닥거리고
안 보면 숨 막혀 죽을 것 같이 좋은데
그냥 체념해야 하나요

까치발로 두 팔 힘껏 뻗어도
까마득히 먼 곳에서 인자한 그 미소가
너무 멋지고 자주 보면
닳아질 것 같은데 어찌해야 할까

비록
내 마음이 콕 찍은 점일지라도
이 한 몸 감출 길조차 없고
그림자가 없는 신 같은 유일한 분
그 무엇으로도 진정이 안 되네요

설렘으로 충만한 애타는 가슴앓이
어디에 하소연도 말도 못 하고
세월만 흘려보내야 하는
이 안타까운 마음 어떡하면 좋을까?

# 석별의 정 / 장금자


떨어지는 빗방울 소리에
웃음 잃은 얼굴엔 눈물만 흐르고
시선은 창밖을 바라보지만
머릿속에 애달픔만 가득하다

다시 못 올 길이라는 걸 알면서도
늦은 밤 찾아들어 놀라게 하는 임아
깊은 정 떼어놓고 떠나는 내 사랑아
신숙주 후손인가 오뉴월 감주인가

잠들지 못한 눈은
지난날의 그리움에 짓무를 텐데
차라리 이 몸이 북망산천 찾을까

낮과 밤이 뒤바뀐 나날을 보낼 바에야
속정 깊어 죽을 목숨 살린 은인아
이 일을 어찌하나

아직 눈물 나도록 그립고 애달픈데
이리 아쉽게 떠나려 하니
난, 어떡할까 내 사랑아!

## 그리움의 단상 / 장금자

봄날 따사로운 햇살 맞으며
길을 걷다 보니
어디선가 들려오는 풍경 소리에
불현듯 옛 고향이 떠오른다

돌담에 기대어 올려다보는
파란 하늘에 붉어지는 눈시울
먼 산 그림자에 정지된 눈동자
아련한 추억이 조롱조롱 매달린다

하늘 소풍 가신 부모님 몇 해던가
조여오는 가슴을 부여잡고
목메게 불러보는 어머니

햇살을 아버지 품속처럼
포근하게 느끼고
대한 문학의 희망 사랑
아파도 행복에 젖어 사르르
미소 짓게 한다.

# 가을 추억 / 장금자

서광을 번뜩이며 최상의 선물이
고운 사랑 빛으로
나에게 찾아오던 날
행복인 줄 알았습니다

눈부신 황홀함에 몸 둘 바 모르고
가을 단풍같이 붉어지는
내 마음 감추기에 급급하여
꿈인 줄 알았습니다

시공을 초월한 삶을 벗어나
망각의 늪을 벗어나려
몸부림치며 타들어 가는
애타는 이 가슴이 물들어갑니다

어디선가 번져나 가슴에서
단풍 물들어가는 옛 추억은
잊을 수도 지울 수도 없어
가슴에 설렘으로 물듭니다.

# 시인 장동수

## 프로필

- 경기 시흥시 출생
- 2017.9.17. 대한문학세계 시 부문 등단
- 2019.6.23. 대한창작문예대학 9기졸업
- 대한창작문예대학 졸업 작품 경연대회 동상 수상
- 공서 : 제9기 졸업 공동 시집 (가자 시 심으러)
- 대한문인협회 경기지회 회원

# 봄꽃 / 장동수

쳐다보지 마세요
꽃이 깜짝 놀라요

세상 제일인 줄 아는
저 꽃이 화들짝 놀라거든
그대가 제일인 줄 아세요

꽃보다 더 예쁜 그대가
꽃을 보면
창피해 고개 숙여요

꽃이 피거든 꽃인 듯
활짝 웃어요
벌이 날아와 노래하고
나비는 덩실덩실 춤을 출 테니

그대가 걷는 길마다 벌이 날고
나비가 춤을 추니 그대가 꽃인가 보오

# 촛불 사랑 / 장동수

그대는 사랑을 밝히는 불꽃
나는 사랑을 태우는 심지로
한 몸이 되어 활활 탑니다

당신을 내가 밝히고
당신은 나를 태워
사랑이 깊어갑니다

어둠을 밝히는 사랑
뜨겁게 타오르는 불꽃
촛농 되어 녹아내리는
아픔을 참으며

다 타 꺼지는 순간
연기로 산화되어 없어진 데도
촛농 한 방울 남기지 않고
아낌없이 태우렵니다
아낌없이 밝히렵니다

# 가을 냄새 / 장동수

매미 소리 우렁찬데
가을이 살짝
그늘 속에서
기지개를 켜며 웃는다

새벽바람 타고 들려오는
귀뚜라미 소리가
어둠이 가시지 않은
풀숲으로 뛰어들어 숨는다

아직 한창인
파란 여름
더운 가지에
붉은 가을을 그려 넣었다

파란 잎 사이에
가을 향기가
홍조 빛으로 물들어
숲속의 작은 가을이 수줍다.

# 단풍이 드는 이유 / 장동수

울긋불긋 나무마다
가지마다 잎새마다
단풍이 드는 것은
무엇 때문일까

혼기가 꽉 찼다는
말 없는 표현 이리라
짝을 찾아가고픈
마음이 깊어져
고운 옷 갈아입고
임을 그리는 몸짓 이리라

한 잎 두 잎 떨어져 구르는 것은
저 멀리서 손짓하는
임에게로 가는 것 이리라

바람 불면 바람을 타고
떨어져 구르고
비가 오면 빗줄기 따라
흐르는 강물에 몸을 싣고
임 찾아가는 것이겠지

# 홍시 / 장동수

높은 가지에 달린 붉은 홍시는
아침에 떠오르는 해님 같아요

낮은 가지에 달린 붉은 홍시는
저녁에 떠오르는 달님 같아요

아침에 뜬 해님 얼굴은
시집가란 아버지 말씀에 수줍어서 붉고

저녁에 뜬 달님 얼굴은
시집가란 어머니 말씀에 수줍어서 붉어요

까치가 차지한 홍시 하나 붉어져 타는 가슴
좋으면서 싫은 척하는 누이 마음 같아요

# 시인 전경자

## 프로필

- 대한문학세계 시 부문 등단 (2019.03.)
- 대한문학세계 신인문학상 수상
- 대한문인협회 경기지회 총무국장
- 대한문인협회 이달의 시 선정 (2021.04.)

〈저서〉
- 시집 "꿈꾸는 DNA"

- 인향문단 시 부문 작품상 (2019.07.)
- 인향문단 4집 5집 참여
- 시화집 (모란이 피기까지, 하늘과 바람과 별과 시, 그날이 오면) 참여
- 2020. 한국문학예술진흥원 한국낭송 지도자협회 문학상
- 코로나19극복 최우수상 수상
- 2020. 고려대학교
- 자연생태환경전문가 협회 회원

# 음악 치유 / 전경자

한적한 숲 산새들 친구 삼아
빛바랜 의자에
텅 빈 마음이 자리 잡고
앉았는데
멀리서 들려오는

음악 소리
아련하게 떠오르는 풋사랑
나자 리노 음악 소리
영화 음악 나자 리노 주옥같은

보니 엠의 노랫소리에
뜨거운 눈물이
가슴을 적신다
자주자주 들어보는
음악인데

순간 그때의 생각들로
가득하여 좀처럼
이 자리에서 움직일 수가 없다
이어서 들려오는
주옥같은

볼 모리아 악단의
감미로운 연주 음악 소리
밤을 잊은 그대에게
시그널 음악으로 유명했던 이사도라 귓전에 맴돌고 있네

# 인연은 우연일까 / 전경자

소유한 사랑
언제부터인가
불태운 사랑은
찢어진 갈등이 감싸고 있더라

머릿속에 스치듯이
지나간 사랑
사랑하지 말아야지
혼자서

지껄이고 방황하던
그 시간이
메아리 되어 흩어져
버린 심장 깊은 곳에

남은 사랑이 없어요
무거운 한숨도
아무도 탓하지 않아
나를 알고 있기에

복잡한 인연
연인처럼 거친 숨결이
너에게서 떠나갈 거야
자장가 같은 잔소리

# 봄을 충전 중이다 / 전경자

나팔바지
가로수 길에서
봄 향기를 충전 중이다

옹기종기 모여서
소녀는 따듯한
봄날의 사랑을

안테나에 주파수를 맞추어 기다리다가
다운로드 중이다

상큼한 거리를
하얀 예술 찔레꽃
향기가 잔치 중인 듯

초대받은 것처럼 나 여기서 있다

# 산다는 건 / 전경자

밝아오는 아침이
미소 속에 눈을 뜨네
망각하고 변명하고
기억도 못한 잊힌 사연들

울다가 웃다가
설움을
토해내며
새우잠을 청하던

밤하늘에
듬성듬성
별빛이 눈 비비고
부스스 눈을 뜨네

세상을 소유한 것처럼
뜨거운 사랑을
거짓 없는
사랑이 바보 같아서

식어버린 용광로 뜨겁게 달구고
올라오는 첫 감정들
가슴속에 품어온 아쉬움 속에
서툰 눈빛만 덩그러니

## 오솔길 / 전경자

새벽안개 드리운 외로운 산길에는 산새들 새
합창 소리에 아침을 가른다

웃고 있는
붉은 장미
담장 너머 기웃기웃

솔바람이 간질이는
찔레꽃잎 위에 사뿐히
내려앉은 내 마음을 아는지

푸른 옷 갈아입은 강산을
임의 사랑으로
적셔주셨다

# 시인 전상숙

**프로필**

- 2017년 대한문학세계 시 부문 등단
- 대한문인협회 경기지회 회원
- 2019년 짧은 시 짓기 공모전 장려상
- 2020년 한국문인협회 안양지부 운문 장려상

## 내 인생의 봄날 / 전상숙

빛이 상실된 긴 터널을
나침반 없이 걸어왔습니다
상처로 얼룩진 마음을 햇빛에
말려보려고 했지만
눅눅해진 그늘은 쉬 마르지 않았습니다

숲속으로 들어가 들꽃, 바람 흰 구름
산새들과 조우하며
넓은 호수에 더러운 찌꺼기를 씻겨 보았습니다
마침내
조금씩 볕이 내려앉았습니다

봄바람이 따뜻해진 봄날에
어린 왕자를 만났습니다
어디선가 현호색 꽃을 향하여 마음을 열어봐
그랬습니다

나도 모르게 동요되어
봄꽃과 어린 왕자의 손을 잡고
햇살이 비추는 들길로 나와 얼굴 가득
웃음꽃이 피웠습니다
내 인생의 봄날이 찾아왔습니다

# 영양 밥 / 전상숙

밥도 잘 하는 그 사람
가슴에 고인 눈물 한 방울로
쌀을 씻어서 뜸을 들이고
고뇌와 쓴 소태로 심혈을 기울여
불 조절하며 지은 밥일까?

담백한 사랑 한 숟가락 넣었는지
씹을수록 깊은 정이 묻어나
영혼까지 따뜻해지는 건강한 밥상이
감동의 잔물결 되어 온몸을 감싼다.

# 어머니 / 전상숙

따뜻한 내 영혼이 사는 곳
달콤한 찔레꽃 향기에서 어머니
젖 내음이 풍겨옵니다

폭풍 한설 풍랑 길에 호미
한 자루 벗하시며
연약한 외발로 무쇠처럼
흙과 씨름하시더니
너울성 파도에 갇힌 어린아이가 되었습니다

담벼락에 갇힌 언어가 길을 잃고
헤매이고 있습니다

생명이 잉태하는 봄
씨앗을 뿌리며 호령하시던 호미는
찔레꽃이 호명하여도 거동 불가라며
온화한 미소만 보냅니다

뿌리째 흔들리는 모정
따뜻한 내 영혼의 등불
부디
종횡무진 고향으로의 귀로를
기원합니다

# 소풍 길 / 전상숙

적당한 온도에 부화한 올챙이
마음을 사로잡은 논둑을 걷는다

아름답게 연주하는 대자연 봄
꽃들의 몸짓에 머무는 행복
이름 모를 새들의 지저귐에 씻겨진 귀
두둥실 흰 구름 되어 날아갑니다

겹벚꽃 뚝뚝 장송곡 울려 퍼지는
언덕에 흰 구름 이불 삼아 누워도 보고

데칼코마니 풍경에 몰입 되는 기쁨
쑥 뜯으며 인생사 걱정 없는
소 확 행

## 해후 / 전상숙

파릇한 새싹들이 서로의
가슴을 내주며 속삭일 때
남루한 내 영혼은 만삭되어
춤을 춘다

빈 벽 허공에 머물다
돌아온 부메랑 받아줄 리 없는
단절된 언어 침묵해야 하는 인고의 시간들
인적 없는 산사에
홀로 서 있는 듯 외로움이 엄습해 온다

서로의 사랑으로 온도를 높이며
부분 심장은 꽃으로 승화되어
얼굴 가득 웃음꽃을 자아낸다

그리움으로 샤워한
핏줄과의 해후
내 영혼이 따뜻했네

# 시인 전선희

## 프로필

- 대한문학세계 시 부문 등단
- (사)창작문학예술인협의회 회원
- 대한문인협회 홍보국장
- 대한문인협회 경기지회 사무국장
- 대한시낭송협회 정회원

〈수상〉
- 대한창작문예대학 졸업경연대회 은상
- 2017년 올해의 작가 우수상
- 2018년 한국문학 올해의 시인상
- 2019년 한국문학 예술인 금상

〈저서〉
- 시집 "희망풍경"
〈공저〉
- 명인명시 특선시인선(2019년,2020년)
- 대한문인협회 경기지회 동인시집 "햇살 드는 창" 창간호
- 대한창작문예대학 7기졸업작품집 "비포장도로"
- 문학어울림 첫호, 텃밭문학회 9호집, 2020 유화로 보는 명인 명시선
- 시 소리로 듣다 낭송 모음 7집, 시 마음으로 읽다 낭송 모음 8집
- 2021. 7월 〈낭송하는 시인들〉 낭송 모음 시집

# 당신이 그립습니다 / 전선희

화사한 꽃들이
지천으로 피어나는 봄날이면
당신이 보고 싶어 집니다

햇살이 드나들던 들녘
삶의 계절 속에서 봄을 주워 담던 당신
봄꽃이 되어 내게로 옵니다

사랑하는 마음꽃 활짝 피워
정겨운 바람의 노래를 들려주시던
환한 미소가 그립기만 합니다

당신의 손길이 머문 자리마다
행복이 가득한 옛 추억들은
내 안에 살아가고 있습니다

아버지!
당신이 떠난 자리에
오늘따라 당신의 숨결이
진한 그리움으로 다가옵니다

## 그대에게 드리는 사랑 / 전선희

그대에게 드리는 사랑 앞에
거짓 없는 진실로 내게 다가와
내 손을 꼭 잡아준 그대를 위해
내 마음에 사랑나무 심어봅니다

그대의 화사한 웃음 앞에 서면
높고 푸른 하늘의 울림처럼
거룩한 천년의 사랑을 느껴 봅니다

순수하고 영혼이 맑은
당신과 마주하면
언제나 잔잔한 감동으로 다가와
내 가슴을 한없이 설레이게 합니다
내 사랑 그대뿐입니다

그대에게 드리는 사랑 앞에
우울했던 내 마음에 용기를 주며
나에게로 향한 당신의 눈물이
그대의 사랑으로 감싸 줍니다

언제나 내 곁에서 함께할 사람
빛나는 우리 봄처럼
주어진 순간순간이 최고의 기쁨입니다

세월의 오선지에 그려 넣은 사랑처럼
내 사랑 그대에게 드리고 싶은 사랑
진정한 나의 사랑 노래입니다
내 사랑 그대뿐입니다

# 수묵화 / 전선희

먹물의 번짐으로 무수한 선들이 뻗어나가
안개가 자욱하게 뒤덮인 산천의 풍광
감성과 이성의 틈새에 삶과 죽음을 묵상하며
여백의 미를 잔잔하게 그려 나간다

좋았던 날 아팠던 날을 밝고 연함으로
힘 있는 선으로 기를 넣고 그윽한 향기도 불어넣어
물든 그리움 가슴속 사연을 마음 한켠에 숨겨두고
지나온 삶을 묵묵히 그려 나간다

하얀 운무 산허리에 두르고
비바람에 깎인 암석 위에 폭포수도 그리고
기다림이든, 마음 비움이든
붓을 든 손은 삶의 무게를 오롯이 담아낸다

허전한 공간 멈춰버린 시간 속에
하나둘 잊혀가는 연민의 정 부여잡고
고독을 자신만의 방식으로 엮어
침묵의 색깔로 덧칠한다

수많은 나날 흐르는 세월 속에
화선지 위의 풍경에는 아름다운 산수화들이
화려하지 않은 은은한 먹의 농담 속에
빛 고운 수묵화 한점 되어 세상 밖으로 나온다

# 나를 찾아서 / 전선희

살다가 문득
저 푸르른 하늘의
울림의 소리가 듣고 싶어질 때는
무작정 길을 떠나고 싶습니다

어디로 가야 할지
갈 곳을 정하진 않았지만
길을 걸으며 그동안 잊고 지냈던
나를 찾고 싶습니다

하늘과 맞닿은 산길을 거닐다
가는 길을 잠시 멈추고
숲과 나무의 소리를 들으며
나를 만나고 싶습니다

머무르는 동안
나뭇가지를 흔들어 자신의 존재를
세상에 알리는 나뭇잎을 보며
산다는 의미가 무엇인지 느끼고 싶습니다

이 세상 길이 끝나는 자리에 멈출 때
비로소 삶을 들여다보며
소중한 날의 순간을
다시 깨닫는 내가 되고 싶습니다

# 작가 정대수

## 프로필

- 경기 구리 거주
- 대한문학세계 수필 부문 등단 (2020.2)
- (사)창작문학예술인협의회 회원
- jeong9883@hanmail.net
- 유성프린팅(주) 근무

# 시간을 쪼개자 / 정대수

"시간이 돈이다." 즉 시간과 돈은 떼려야 뗄 수 없는 불가분의 관계라는 것이다. "시간을 아껴라"는 말은 "돈을 아껴라"는 것이며 수없이 들었고 말하며 산다. 나는 어릴 때 빨리 어른이 되는 것이 소망이었다. 어른이 되면 무엇이든 내 맘대로 할 수 있다는 생각에 "시간아! 제발 빨리 가라."는 터무니없는 기도를 하기도 했다. 수업 시간도 빨리 갔으면 좋겠고 남자라면 대부분 거쳐야 하는 군대 생활은 달력을 붙들고 날짜를 지워가며 지루한 나날이 빨리 가기를 학수고대했다. 샐러리맨들이 기다리는 월급날은 왜 그리 더디 오는지 한 달이 멀게만 느껴지는가 하면 출근하면 점심시간이 기다려지고 또 퇴근 시간이 빨리 왔으면 하고 시계를 쳐다본다. 일주일 동안 힘들게 일하면서 주말이 기다려지는 것은 인지상정이라지만 그만큼 시간이 빨리 가야 됨을 망각하고 시간을 재촉하며 살다가 훌쩍 가버린 시간에 미련을 두고 시간이 참 빨리 간다느니 세월이 너무 잘 간다는 말로 자연스럽게 시간을 탓한다.

언젠가 책상 위에 물 한 컵을 실수로 엎지른 적이 있었다. 마시려고 갖다 놓고는 바쁜 일 처리로 잊고 있다가 쏟아버린 것이다. 쏟아진 물을 닦아내는 데는 제법 많은 시간이 소요되었다. 책상 위의 컴퓨터, 책들과 서류 심지어 바닥까지… 뿐만 아니라 뒷수습에 후유증도 남는다. 작은 실수 하나에도 많은 시간을 뺏기는데 살면서 겪는 실수는 세월을 제법 까먹고 상처를 오래 남기기도 한다. 실수는 대체적으로 나쁜 결과가 뒤따르지만 뜻밖에 좋은 반응이 어쩌다 나타나기도 한다. 예를 들어 문구용품으로 많이 사용되고 있는 포스트잇이나 페니실린 또 대패삼겹살 등은 실수로 탄생된 것들이다. "원숭이도 나무에서 떨어진다."라고 누구나 실수를 하면서 사는 것 같다. 그렇게 허둥지둥 세월이 지나 중년이 되어 좀 노련미가 생기나 싶으면 시간은 50세는 시속 50㎞, 60세는 60㎞, 70세는 70㎞… 나이에 비례해서 달리는 속도가 걷잡을 수 없이 빨라진다는 것을 실감하며 마음이 바빠지게 된다. 나이를 먹어 몸은 늙고 힘도 떨어지면서 행동은 느려지는데 비해 야속하게도 시간은 인정사정없이 간다. 그렇게 가는 시간과 세월의 아쉬움을 사람들은 시와 노래로 달래는지도 모르겠다.

지난 시간은 어쩔 수 없고 현재의 시간은 어떻게 사용되고 있는지 살펴보자.

대부분 아침 6시에 간단한 식사를 하고 TV와 컴퓨터를 켜서 잠시 들여다본 후 대중교통을 이용하여 출근하면 9시다. 정해진 일과를 마치고 저녁 6:30 퇴근해서 집으로 오면 거의 8시 정도 늦게까지 일을 하면 10시가 넘고 밤 11시면 잠을 자는 날들의 반복이다. 매일 17시간을 활동하는 것이다. 길다면 무척 긴 시간인데 비해 너무 초라한 시간

표다. 형편없는 성적을 예상은 했음에도 불구하고 깊은 자괴감에 고민을 하다가 오랜 시간 묻고 지냈던 나의 끼와 본질을 찾기로 다짐하고 중간중간의 시간을 쪼개기로 했다.

먼저 출, 퇴근 시간을 쪼개 보자.
평소 독서라도 하고자 가방에 책을 넣고 다니기는 제법 오래되었다. 하지만 혼잡한 차내에서 책을 펼쳐 들어도 몇 페이지를 보기가 힘들게 지쳐 다시 가방으로 들어갔다. 중간에 혹여 자리가 비어서 앉아도 고단한 눈꺼풀을 내리고 쉰다. 가방 안에 책도 잠을 자며 따라다녔다. 어쨌든 매일 왕복 두 시간 정도를 차 안에 있어야 한다. 한 달이면 상당한 시간이 모여진다. 즉 당장에는 보이지도 손에 잡히지도 않는 돈이 날이 갈수록 쌓여 쓰레기통으로 버려지는 것이다. 그 아까운 시간을 쪼개 반타작이라도 하기 위해 먼저 공부를 시작한다. 손안의 모바일(mobile) 핸드폰의 다양한 기능들이다. 잘 몰라서 활용을 못한 부분도 있지만 조작이 어렵고 귀찮아서 간단한 용도로만 들고 다녔는데 이것부터 배우기로 했다. 갈 길은 멀고 서툴지만 눈이 더 침침해지기 전에 잘 배워 부지런히 부려 먹어야겠다.

다음으로 일과시간을 쪼개 보자.
업무시간을 쪼갠다는 것은 사실 매우 어려운 부분이다. 많든 적든 녹을 받는 처지인데 일과시간에 휴식을 취하기는 다소 불편해서 일뿐만 아니라 매사에 말썽이 없도록 신경을 많이 쓰는 편인데도 사람마다 보기에 따라서 눈에 가시가 될 수도 있으므로 조심스럽다. 일과시간에는 종일 서서 해야 하는 일이기에 바쁠 때는 점심시간 외에는 앉아 있을 시간이 거의 없다. 그러다 보니 다리와 발이 고생한다. 퇴근 시간이 되면 걷는 것이 힘들 정도로 발이 아플 때도 있다. 그렇다고 계속 바쁜 것은 아니다. 바로 이 시간을 쪼개는 것이다. 한가해지면 막연하게 앉아 쉬는 것보다는 휴식도 취하며 인터넷으로 신문을 보거나 자료를 수집하고 쪽글을 쓰며 에너지를 보충하여 다음 일을 준비하는 과정으로 만들어 실수 없이 일하는 것이다. 헨리 포 더는 "휴식을 하는 것은 게으름도, 멈춤도 아니다."라고 했다.

끝으로 귀가 후의 시간을 쪼개 보자.
퇴근 후 동네에 오면 먼저 가게로 가서 막걸리 두 병을 산다. 가게 한 곳만 가면 매일 술을 먹냐고 할 것 같은 혼자 생각에 창피해서 몇 곳을 번갈아 가며 사 온다. 간편하고 쉽게 먹으면서 피로와 허기도 달래고 집안일을 처리하기에는 막걸리가 참 좋기 때문이다. 누가 뭐라 할 사람도 없으니 그렇게 두 병을 다 마시고 나면 취기가 돌면서 포만감에 만사를 잊고 TV를 보다가 잠을 잔다. 수년간에 걸친 매일의 모습이다. 결국 약간의 중독성도 생겼는지 가끔 빈손으로 집에 들어오면 뭔가 허전함이 들 정도였다.
2020년 봄에 대한 문학세계에 등단을 하면서부터 퇴근 후의 시간을 쪼개는 결정적 계기가 되었다. 술이라는 이불로

264

덮으려 했던 고독을 서투른 글이지만 밖으로 끄집어내 보기로 용기를 낸 것이다. 늦게 들어오는 날을 제외하면 거의 8시에 집으로 와서 간단한 식사와 정돈을 하고 책상 앞에 앉으면 9시 정도 된다. 먼저 일기를 쓰고 난 후 작성 중이던 글을 읽어가며 수정과 집필을 하다가 거의 11시면 잠을 자는 생활로 이어가게 장을 열어주었음에 감사한다.

결론적으로 나에게 시간의 자유이용권이 주어졌다. 켄 로슨 (Ken Lawson)의 "시간 지배자"라는 책은 시간의 주인이 되는 방법을 가르쳐주는 내용이다. 길거리나 차 안에서 많은 사람들은 귀에 이어폰을 꼽고 휴대전화기로 게임이나 주식 또는 강의나 영상물과 책을 보는 등 이동 중에도 시간을 쪼개가며 열중하는 모습이다. 가는 시간은 멈출 수도 되돌릴 수도 없기에 몸은 좀 고달파도 시간을 내 편으로 만드는데 공을 들이는 것이다. 미래에 우뚝 서 있을 자신의 모습을 그려가며 말이다.

코로나19와 같은 무서운 질병은 빨리 지나가기를 기다리기보다는 극복하는 방법을 찾는 것이 우선이고 그것이 백신이라면 서둘러 접종을 하는 것이 최선일 것이다. 따라서 정신과 몸을 건강하게 만들어 좀 늦은 출발이지만 힘차게 달려가야겠다.

# 시인 정재열

## 프로필

- 경기 이천 거주
- 2015년 대한문학세계 시 부문 등단
- 현 (사)창작문학예술인협의회 회원
- 현 대한문인협회 정회원

〈수상〉
- 2015년 대한문학세계 신인문학상 수상
- 2018년 짧은 시 짓기 장려상
- 2018년 순우리말 글짓기 동상
- 2019년 짧은 시 짓기 은상
- 2019년 순우리말 글짓기 장려상

〈공저〉
- 2015년 유화에 시의 영혼을 담다

# 효심은 눈물 되어 / 정재열

겨울 한설(寒雪)에
머리 위 흰 두건 두르고
끝내 효를 다하지
못함에 눈물짓다
큰 바위 되었구나,

호랑이 울음소리에
놀란 어미 가슴
멍울이 되어
설봉산 허리춤에
전설이 되었지만

아들 셋 효심은
멈추지 않는 눈물 되어
하늘도 울고
땅도 울었으니

끝없는 슬픔으로
눈물 맺힌 삼베적삼
하늘 위 너풀너풀
바람도 울고 가누나?

*경기도 이천 설봉산 중턱 삼형제 바위 앞에서

267

# 라떼 한 잔 그리우면 / 정재열

실바람 돌담 따라
향긋하게 불어오면
지친 발끝은
자유로운 영혼이 되어
그리움 움터오는
나뭇가지 끝 부여잡고
물오른 흔적 찾아
머 언 여행을 떠난다.

코끝으로 뿌려오는
꽃향기 뒤로하고
스무 살 꽃 처녀
가슴 뛰는 향수를 버려두고
잊지 못할 그리운 향기 찾아
오늘도 골목을 헤맨다.

삶의 경계를 넘나드는
황금빛 크리머의 유혹은
아픈 역사 위에 멍 자국 남겨두고
길고 긴 여정의 시작점에 선
어느 낯선 나그네의 심장으로
향기로운 라떼 한잔을 뿌려 준다.

# 꽃의 마음으로 / 정재열

꽃피고 향기 나눔이
보고 싶은 맘이라면
나를 보러 찾아오는
길이 되고 싶구려

나를 밟고 가는 길에
꽃 대궐 만발하고
나를 보러 먼 길 오신
임 또한 고맙구려

생을 다한 꽃들은
어디로 가기에
떠나는 순간조차
미련 없이 떠나시나

시린 마음 나누는
눈길조차 호사라 여기시고
별 지는 하늘 끝에
청사초롱 매 달으니

이별 나눈 꽃 입술
파르르 떨려오고
남겨진 정표만이
혀끝에 맴도누나!

# 그리움으로 / 정재열

오랜 침묵으로
오랜 그리움으로
마음에 짐을 지고 살았건만

귀 닫아 버리고
눈 감아 버린 시간마저
잃어버리기 싫었기에

메타세쿼이아 길게 늘어선
칠월의 끝자락을
보듬어 본다.

불어오는 바람 뒤로
소낙비 뿌리듯 흩어져 내리는
한여름의 추억들

내게 내민
그대 손끝에
세월의 흔적이 배어 오고

잊고 지낸
시간 속에 끼어든
작은 기억 하나는

뭉게구름 떠가는
하늘가로
입꼬리를 끌어 올린다.

# 쉼·· / 정재열

뭉게구름 떠가는
푸른 마루 태양은
구름을 벗하며
잠시 쉼 하고 있거늘

가다 서다 반복하는
우리네 삶
무엇을 벗하며
쉼 하려 오

오고 가며 맺는 게
삶이요 인연이거늘
에둘러 맺지 않아도
때가 되면 맺힐 것을

실개천 버드나무 가지 끝
스치듯 지나는 바람이여
오늘은 너마저
그리움을 던지고 가는구나!

# 시인 정찬경

## 프로필

- 대한문인협회 경기지회 정회원
- 2017년 대한문학세계 시, 수필 부문 등단
- 2017 한국문학 향토문학상
- 2018 명인명시 특선시인선 선정
- 2019 명인명시 특선시인선 선정
- 2019 한국문학 발전상

# 목련꽃 / 정찬경

꽃을 시샘하는
찬바람에도

목련꽃은 맨 먼저 피어
언니 행세를 한다

이파리도 없이 솟아난
나무에 핀 연꽃

마른 가지에
눈송이 쌓였어도

온몸으로 추위를
견디는 숭고한 선구자

봄꽃 피면
아름답고 우아한 모습 감추고
스스로 물러간다.

# 붉은 장미꽃 / 정찬경

붉은 장미꽃이
피는 밤에는
달빛도 희미하였다

한 송이 붉은 꽃을
피우기 위하여 흘린 피

오월에 처참한 희생을
달은 밤새 침묵했다

칠십 년 전 고지에서
손등에 피를 씻어 보려 해도
약솜 하나 없었고

갈아지는 발바닥에
붙일 반창고 하나 없어
흙을 발랐다

올해 붉은 장미꽃은
코로나바이러스와 싸우다 숨진
영혼들이 잠들어 있다

# 청보리밭 / 정찬경

아침 햇살에 빛나는
청보리밭

고랑 사이로
불어오는 봄바람

옆집 아이 치마가
바람에 나부끼면

보리피리 만들어 불고
노랑나비 날아왔다

보리밭이랑 사이
새끼 종다리 걸음마 하면
어미 새는 하늘에서 노래하고

소꿉놀이 때
보리밭에 누우면

내 마음 연둣빛으로
물들어 갔다

## 마지막 잎새 / 정찬경

가을이라 해서
나뭇잎을 다
떨어뜨리지 못한다

겨울까지 남아서
칼바람 이기고
봄에 떠나는 놈이 있다

그 이름 마지막 잎새
세상에 미련이 남아서
흰 눈이 보고 싶어서

마지막 잎새는
폭설이 내릴 때

눈사람 입이 되고
눈이 되기도 한다.

# 눈물 앞에서 / 정찬경

초록 잎에 떨어지는
이슬 같은 눈물은

하늘이 준 기적의
선물이다

감격에 겨운
달콤한 사랑
행복한 눈물은 언제였던가

허물어진 진실 앞에서
목놓아 울고 싶어라

조금만 사랑하고
가끔 그리워하자

눈동자 구르는 소리에
오이꽃 떨어질라

우리에 순수한 것을
세월이 훔쳐 가려 한다.

# 시인 조순자

## 프로필

- 시인, 시낭송가
- 사회복지사, 노인상담사
- 대한문학세계 시 부문 등단
- (사)창작문학예술인협의회 회원
- 대한문인협회 정회원
- 대한문인협회 경기지회 정회원
- 대한창작문예대학 10기 졸업
- 문예창작지도자 자격증 취득
- 대한시낭송협회 7기 수료 및 정회원

〈 수상 〉
- 2013년 지역백일장 대상
- 2014년 전국 백일장 은상
- 2018년 한국문학 올해의 시인상 수상
- 2020년 금주의 시인
- 2020년 이달의 시인
- 2021년 전국시낭송대회 수상

〈 공저 〉
- 2020년 대한창작문예대학 졸업 작품집 "가자 시 가꾸러"

# 영원한 사랑이여 / 조순자

오, 찬란한 광채
우주 공간에 가득하네
찬란히 빛나는 사랑
생명이 되고 길이 되었네

세상을 사랑하사
인류를 사랑하사
우주 공간에 달아놓은
빛나는 태양 사랑이라네

그 사랑은 끝이 없네
세세토록 영원히 빛나는
창조주의 뜨거운 사랑
소중한 생명의 사랑이라네

오, 영원히 빛내주오
위대한 주의 사랑이여
오 영원히 비춰주오
끝없는 주의 사랑이여.

# 고백 / 조순자

"가진 게 없어서
의견이 달라서
수 없이 다투며
살았어도 돌아보니
그때가 참 행복한 시절이었소

당신 아프지 마오
먼저 가지도 마오
당신 없는 삶은
참 무서운 세상일 테니
사랑한다 말 못 해서 참 미안하오
실은 엄청나게 사랑했는데"

산수유 꽃봉오리
툭툭 터지는 공원의
그네 의자에 앉아
옛일을 회상하는 듯한 그이가
콧등이 싸하게 시큰거린다.

# 도마 / 조순자

하늘 기상으로 장성하던
거목의 몸뚱어리가
한 조각 널빤지 되어 누운 채
찍히고 긁히는 수난을 겪을지
예전엔 미처 몰랐다.

상승의 고도만큼
추락함도 슬픔인데
산산이 찍히고 나뉘는 마음
얼마나 아프고 쓰릴까?

한때는 높은 하늘도 뚫을 기세라
아무도 넘볼 수 없었건만 이제
축축한 시간 위에 누워 아픈 도마

그래도 참아야 하나니
모든 것을 다 받아 주는 어머니처럼
찍히고 긁혀도 참아야 하는 것은
도마라는 그 이름 때문이다.

# 위대한 손 / 조순자

아기같이 부드러웠던 손
삘기같이 매끈하고
백옥같이 곱고 고왔던 손
이젠 낡은 갈퀴손이 되었네

아직도 마음속엔
빨간 봉숭아 꽃물
반달 손톱 끝마다 아련한데
이제는 쭈글쭈글 잔주름투성이네

길고 짧은 다섯 손가락
숱한 일 속에 휘어지고
바퀴처럼 닳고 닳아
삭정이처럼 엉성하고 뻣뻣하네

그래도 노련하게 단련되어
사랑의 역사를 기록하는 손
여전히 새로운 역사를 창조하는 손
시도 쓸 수 있는 위대한 손이라네.

# 꽃보다 아름다운 당신 / 조순자

흐르는 물줄기를 거슬러 오르는
연어처럼 가던 길을 멈추고 되돌아와
아픈 자와 함께 걸으신 당신은
꽃보다 아름다운 사람입니다

마지막 밤차
안전한 좌석 차지하려고
모든 사람 앞다투어 달려가는데
두 몫의 짐을 어깨에 메고 들고
아픈 자와 함께 하신 당신은
참 좋은 사람입니다

많이 가진 자와 짝하기보다
외롭고 소외된 자를 도우며 함께 걸은
당신은 이 세상 어느 꽃보다 아름답고
그 어떤 향기보다 더 향기로운 사람입니다

새하얀 찔레꽃 향기를 닮으신 당신은
정녕 꽃보다 더 아름답고 향기로운 사람입니다
꽃보다 아름다운 당신을 사랑하고 축복합니다.

# 시인 주응규

## 프로필

- 2011년 대한문학세계 시 부문, 수필 부문 등단
- 2012년 한맥문학 시 부문 등단
- 현) (사)창작문학예술인협의회/대한문인협회 부이사장
- 현) 한국문인협회 협력위원회 위원
- 현) 대한문인협회/대한문학세계 심사위원
- 현) 한국 가곡작사가 협회 이사, 텃밭문학회 이사
- 현) 문학어울림 회장

〈수상〉
- 2011년 대한문학세계 올해의 시인상
- 2012년 대한문인협회, 국회사무처, 문화방송 주관 전국시인대회 은상
- 2012년 한국문학정신 독도 시 경연대회 우수상
- 2012년 (사)창작문학예술인협의회 한국문학예술인 대상
- 2013년 대한문학세계 최우수 문학상
- 2014년 문학세대 전국문학창작 공모대회 인천광역시장 상
- 2015년 대한문인협회 한국베스트셀러 작가상
- 2015년 자유문학 전국문학창작 공모대회 전라남도지사 상
- 2016년 제4회 윤봉길 문학상 대상, 대한문인협회 한국문학 올해의 작가상
- 2017년 (사)창작문학예술인협의회/대한문인협회 한국문학 문학대상
- 2018년 현대 한국인물사(現代韓國人物史) 문학계 등재
- 2018년 국가상훈 인물대전(國家賞勳 人物大典) 문학계 등재

〈저서〉
- 1시집 "人生은 詩가 되어 흐른다", 2시집 "삶이 흐르는 여울목"
- 3시집 "시간위를 걷다", 4시집 "꽃보다 너", 수필집 "햇살이 머무는 뜨락"
- 공저: 여러 문인협회, 문학회, 신문 등, 각종 동인지 다수
- 망양정 가곡(16곡) 독자 작사 음반 CD 출판 외, 가곡 작시 100 여곡 발표.

# 행복 나무 / 주웅규

햇살 한 줌 바람 한 점
풀 한 포기 돌 하나에도
감사하는 마음
행복은 감사하는 마음에서 옵니다

상대를 배려하는 말 한마디에서
먼저 건네는 인사에서
표현할 줄 아는 아름다움에서
행복이란 꽃은 피어납니다

인정을 나누는 씀씀이의 가지에
행복의 열매가 주렁주렁 열립니다

감사하고 배려하는 마음
상대를 헤아리고 베푸는 마음 안에
행복의 열매는 탐스럽게 익어갑니다

당신의 가슴에 심어 놓은
행복의 꽃 나무에는
오늘 무슨 꽃이 피어나
어떠한 열매를 맺습니까?

# 못 잊을 당신 / 주응규

빛고운 미소를 머금고 다가서는
당신의 애틋한 마음결이 비쳐나
목멘 속울음을 삼킵니다

손 닿을 듯 가깝게 느껴지지만
세월의 뒤안길로 멀어져 간
뒷모습에 가슴이 아립니다

햇살에 아스라이 펼쳐져
바람처럼 스쳐 가는
지나간 날 아름다운 기억들이
눈물에 아롱집니다

당신이 머물다 가신 자리에는
삶의 숨결과 그 삶들의 따스한 온기가
아직도 조용히 맴돌고 있습니다

고결하신 당신의 정겨웠던 모습은
세월의 파도에 씻겨나겠지요

당신과 함께했던 날들이
모래알처럼 잘게 부서져
가슴에 그리움의
모래성을 쌓고 있습니다.

# 고마운 당신 / 주웅규

당신을 알고부터 사랑을 깨쳤습니다
가슴에 당신을 담고부터
매일매일 흔들리는 마음은
사랑을 피우기 위한
햇살이고 바람이고 가랑비였습니다

세월이 흘러 지나고 보니
당신과 함께 흘렀던
추억 속의 자잘한 눈물마저도
너무나 소중하고 아름답습니다

당신께 소담히 담아내지 못하는
이내 마음이 아픕니다
당신께 정갈히 담아내지 못하는
눈길 손길이 애달픕니다

고마운 당신
인생길 궂은 날도 갠 날도
동행하는 사람이
당신이라서 행복합니다.

# 인연학 개론(概論) / 주응규

삶은 인연이란 연결고리로 이어집니다
기이(奇異)하고도 모질고 질긴 우리네 인연
항상 좋은 일만 있는 것은 아닐 겁니다
항상 슬픈 일만 있는 것도 아닐 겁니다
우리네 인연의 날씨는 흐렸다 개었다
조화와 부조화를 거듭하며 꽃피웁니다

살아가면서 자의든 타의든 맺어지는 인연은
삶의 추위를 덥히는 난로였으면 좋겠습니다
행복을 나누어 주는 천사였으면 좋겠습니다
아픔을 보듬어 주는 위로였으면 좋겠습니다
삶의 고단함을 녹이는 안식처면 좋겠습니다

서로를 비추는 거울이면 좋겠습니다
기쁠 때나 슬플 때나 눈물을 닦아주는
서로의 손수건이었으면 좋겠습니다

먼 훗날 떠올려도 미소 속에 담기는
행복한 추억담이었으면 좋겠습니다
만남이 아름다웠듯이 이별 또한
아름다웠으면 좋겠습니다.

# 애기똥풀 / 주응규

늦봄부터 늦여름까지
주변의 길가나 풀밭에서
노랗게 피어나는
흔하디흔한 꽃

무심히 스쳐온 세월에
반백을 넘기고서야
계절의 요람 속에서
갓 잠 깬 애기똥풀을
물끄러미 본다

오월의 푸른 햇살처럼
생긋방긋 웃는 얼굴

산들에 싱그럽게 퍼지는
상긋한 옹알이

풀잎 스치는 바람처럼
아장아장 걸음마 놓은
애기똥풀.

# 시인 최명오

## 프로필

- 대한문학세계 시 부문 등단
- 대한문학세계 수필 부문 등단
- 대한문학세계 소설 부문 등단
- (사)창작문학예술인협의회 회원
- 대한문인협회 경기지회 정회원
- 2021 대한문인협회 이달의 시인 선정
- 2021 대한문인협회 인물탐방 선정
- 스포츠 서울 2019 시 문학부문 대상
- 피플 투데이 문학상 수상

〈저서〉
- 시집 "슬픔도 그리울 때가"
- 소설 "1999년생 운 좋게 태어난 놈"

# 금빛 노을 / 최명오

그대의
여린 등 뒤에도
가늘고 하얀 꽃잎이 날리니

그대의
가슴에 새겨진
눈물 같은 사랑도
하얀 꽃잎이 되어 날아갑니다

부재중인
그대 그림자에는
석양이 커튼처럼 가려지고

하늘은
어느새 검붉은
롤스크린으로 장막을 감고

금빛으로
물든 노을은 저 하늘
어딘가를 베고 누워 잠들겠지요.

# 함께 라면 / 최명오

여기
있어도
째깍 거리는
시간은 흘러가고

저기
있어도
째깍 거리는
시간은 흘러갑니다

세찬
비바람에도
풀잎은 잠시 쉬고 있을 뿐

결코
쓰러지지 않고
삶의 깃대는 언제나
땅을 박차고 일어나듯이

언제
어디에서라도
그대와 함께라면 거친
바람 앞에서라도 견딜 수 있다.

# 구름에 낚시한들 / 최명오

머무를 수 없는 구름이라면
쉬었다 가지나 말지

바람에 흩어질 구름이라면
머물지나 말고 가든지

지난날의 사랑처럼
떠날 수밖에 없는 구름이라면
산 넘어오지나 말지

에휴 ~
허공에 낚시한들
저 구름이 바늘에 꿰일 일 없고

구름에 낚시한들
허공 속에 묻힌 내 마음,
저 하늘 어딘가에 머무를 수는 있을까.

# 내 그리움 / 최명오


구름이
지난 자리에는


파란
하늘이
너무 슬퍼 보이고


바람이
지난 자리에는


잿빛
구름이 모인
터질듯한 물방울


하늘벽
물들인 비꽃이


어찌하여
내 그리움보다 앞서는가

천년
석탑은
그곳에서
여전히 나를 바라보는데

어찌하여
내 그리움은
풀잎처럼 누워
까만 밤 별을 세고 있을까.

# 시인 최상근

## 프로필

- 대한문학세계 시 부문 등단(2005)
- 한국교육개발원 선임연구위원
- 서원대학교 객원교수 역임
- 호서대학교 교수 역임
- 대한문인협회 경기지회 정회원
- 한국문인협회 정회원

〈저서〉
- 시집 "꿈을 하늘에 매달아놓았다" (시음사, 2009)

# 기도 / 최상근

주님께서
나를 쳐다봐주시기를 바라면서
어려움에 처한 듯
슬픔에 빠진 듯
고개를 아래로 내리깔고 말하다가
힘들여 머리들고 외치기도 하면서
희망사항을 뇌까려 본다.

내가 얼마나 열심히 기도드리는 사람인지
많은 사람들이 알기나 하냐며
그토록 선한 사람으로 알아봐 주기를
주님도 그리 봐주시기를
가슴에 새기면서
내가 희망하는 바를 꼭 이루어줘야 한다고
아무도 모르게 공갈 때려 본다.

## 바람결 / 최상근

인생이
스쳐 가는 바람과 같은 것이라면,
사랑도 바람결
슬픔도 바람결

바람결 타고 가다 보면
사그러 들어 사라지는 것처럼
인생도 그만그만 하다가
그냥 그렇게 멈추고 없는 것

## 섬김을 받아라 / 최상근

사람들에게 알게 모르게 밟혀 죽는
수많은 개미들을 보라
그 하찮은 개미들이 다 함께 섬기는
개미는 영광과 권한을 갖고 산다.

비록 가진 것 없어 이리 치이고 저리 치이며
살아가는 보통의 사람들을 보라
그들이 좋아라하고 섬기는
사람은 존경을 받으며 살아간다.

## 너를 다시 봐라 / 최상근

우리가 만나는 사람들은
크게 성공한 사람이 아니라 하더라도
웬만한 자존심을 갖고 있으며
가슴 펴고 사는 사람들이다.

지금 만나는 사람들을
함부로 무시하거나 우습게 생각하지 마라
남들은 웃지 않아도
이미 너는 웃음거리일 지도 모른다.

# 은퇴자 / 최상근

평생 엮여있던 조직과 집단에서 풀려났다.
내가 혼자 있다는 것,
어색하고 쓸쓸하다
갈 길도 모르겠고 제대로 사는 것인지도 잘 모르겠다.

누군가 나를 쳐다보는 것 같은데
그 정체조차 알 수 없다.
어항을 떠난 붕어처럼 미친 듯이 몸통을 흔들어 봐도
성이 차지 않는다.

# 시인 한천희

## 프로필

- 경기 화성 거주
- 대한문학세계 시 부문 등단
- (사)창작문학예술인협의회 회원
- 대한문인협회 경기지회 정회원
- 대한창작문예대학 졸업
- 문예창작지도자 자격 취득

# 파도 소리에 흩어진 추억 / 한천희

밀려오는 그리움이
조개무덤을 흔들어 놓고
하얀 눈물로 흩어진다

떠나가는 뱃고동 소리에도
갈매기는 잠시 허공을 맴돌 뿐
슬피 우는 것을 잊었다

수없이 써놓은 사랑의 노래는
왔다가 사라지는 세월처럼
백사장 모래 틈에 숨어든다

여명에 수평선의 시작이 보이고
황혼에 지평선에 마지막을 보듯
왔다가 가는 것이 사랑뿐이더냐

그리움이 부서져 거품으로 흩어지고
사랑이 스며들어 모래 틈이 숨 쉬어도
밀물과 썰물 사이에 아파하는 파도는
철썩철썩 망각수를 흔들어 대며
세월을 몰고 간다

# 세월의 굴레 / 한천희

누구는 지금이 좋다고 하고
누구는 바꿔야 산다고 하네

시냇가 웅덩이 큰물에 사라지고
강물만이 세력을 넓히며 흘러도
큰물 뒤 웅덩이는 다시 생기는 법

밀물이 바다를 밀어내는 건지
썰물이 바다를 떠미는 건지
파도는 쉴 사이 없이 왔다가 간다

세월酒 한 잔에 취한 영혼은
한말 또 하고 한 짓 또 해도

지구의 심장이 지치지 않고
저 태양을 향해 뛰는 날까지
매일 메일을 이렇듯 굴러간다

# 삶의 여로 / 한천희

화려했던 꽃이 진 자리에
흔적으로 남겨진 열매
천둥.번개 비바람 치는 날
세상이 두려워 흘리던 눈물
바람은 저 멀리 멀리서 불어
오는 줄 알았는데 나를
흔드는 바람은 먼 곳에서
불어오는 것이 아니더라

바다 한가운데
고요함 속에서 태어난 작은 물결이
바람에 몸을 싣고 부딪치며 떠돌다
하얀 눈물로 부서지며 백사장에
기다림을 묻는다

지평선을 붉게 물들이는 여명도
칠흑 같은 어두움을 밝힌 침목도
삶의 고독에서 흐르는 눈물에
잠시 세월 속으로 숨는다

아프지 않은 화려함이 있더냐
꽃이 지지 않고 맺는 열매가 있으랴
바람이 흔들어도 파도와 부딪치며
가끔씩 눈물이 태양을 가려도
내리는 빗물에 세월을 적시며
낮달에 숨어있는 밤의 빛을 찾으리

## 유월을 울어대는 개구리 / 한천희

유월의 밤을 지새우는 개구리울음은
지나온 세월을 아파하는 후회인가
지울 수 없는 상처들만 기억하는 삶이
서글퍼질 때 뿌려대던 눈물을 멈출 수 없이
흔들어 대던 바람아 가끔은 멈추어다오
돌아보면 남겨진 것에 대한 이별이 아프다
바람이 남기고 간 흔적을
세월로 덮고 또 덮어온 고달픈 과거를 잊으려
눈물 마른 유월을 푸르름이 가리고 또 가려도
개구리는 울음소리뿐 흘러내리는 눈물이 없다

# 그곳은 내게 / 한천희

엄마가 부르는 목소리가 바람이 되고
아버지 땀 냄새가 향수가 된 곳
옛동무 눈웃음이 들꽃으로 피어나고
추억들이 재잘거리며 냇갈에 흐르는 곳
아버지 지게 짐이 작대기에 기대 쉬고
초가집 굴뚝에 그리움이 흩어지는 곳
꼴 베는 산마루에 황소가 풀을 뜯고
사랑방 아궁이에 고구마가 익어가는 곳
그곳은 시간이 멈추어 있어
세월이 자라지 않고 숨 쉬고 있는 곳
지친 나의 영혼은 가끔씩 날아 가서
편안한 쉼으로 머문다

# 시인 홍성길

## 프로필

- 대한문학세계 시 부문 등단
- (사)창작문학예술인협의회 회원
- 대한문인협회 경기지회 정회원
- 한국문인협회 화성지회 시분과장
- 화성 양감사랑(연호지) 편집장

〈수상〉
- 2016 한 줄 시 짓기 전국 공모전 장려상
- 2016 8월 금주의 시 선정 (고추밭 연가)
- 2016 향토문학상
- 2016~2017 특별초대 시인 시화전 선정
- 2017 한국문인협회 (시의 언어로 세상을 그리다) 시화전 선정
- 2017 순 우리말 글짓기 전국 공모전 장려상
- 2018 명인명시 특선시인선 선정

〈저서〉
- 2019 『자연과 사람 그리고 사랑』 제 1시집 출간

〈공저〉
- 대한문인협회 경기지회 동인문집 〈햇살 드는 창〉

# 인생이란 그런 건가 보다 / 홍성길

서산 너머 노을이 질 때면
아스라이 멀어지는 내 청춘의 발자국
가시밭 속에 묻혀버렸나
지우려 지우려 해도
한없이 밀려드는 진한 아쉬움
복받치는 뜨거운 눈물에 내가 젖어 드네

그래그래
인생이란 그런 건가 보다

서산 너머 어둠이 질 때면
고즈넉이 흩어지는 내 청춘의 흔적들
세월강 속에 잠겨버렸나
놓으려 놓으려 해도
한없이 밀려드는 서글픈 미련
복받치는 서러운 한숨만 나를 물들이네

앞만 보고 살아도 아쉬움과 미련은 남는 거
그래그래
인생이란 그런 건가 보다.

# 연(緣) / 홍성길

어디서 왔는가
어떻게 왔는가
정수리를 비추는 불빛을 따라
날 부르는 희미한 소릿길 따라
윤슬만이 잔잔한 청정양수
홀로이 떠 있어도 한치의 두려움 없이
애지중지 오매불망 기다림 속에
탯줄로 이어주는 고운사랑 갉아먹고
영겁의 강을 건너
부모자식의 연(緣)으로 이생의 빛을 보았으니
평생을 고개 숙여 감사의 마음
보은의 마음으로 살아도 족하지 않으리오

어디서 왔는가
어떻게 왔는가
바람이 불면 부는 데로
강물이 흐르면 흐르는 데로
가도 가도 끝없는 인생이란 고해 속에
수많은 시련 외로움의 늪에 빠져도
오롯이 내 손을 잡아 준 고운사랑
억겁의 강을 건너
부부의 연(緣)으로 내게 와
거친 비바람 황량했던 내 인생의 대지에
일곱빛깔 무지개만 가득하니
평생을 고개 숙여 감사의 마음
사랑의 마음으로 살아도 족하지 않으리오.

## 그 말 한마디 / 홍성길

꼬깃꼬깃 구겨진 희미한 기억 속에
겹겹이 싸여가는 덧없는 세월의 굴레 속에
숨겨둔 그 말 한마디

멈칫멈칫 망설이다 입속에서 맴돌다
가슴 저 밑바닥에
쟁겨 논 그 말 한마디

소복소복 쌓인 먼지에 갇힌 서랍 속
색 바랜 사진첩 갈피마다
새겨 논 그 말 한마디

이제야 용기내어
한 치의 주저함도 없이 읊으렵니다
사랑한다 사랑합니다 그 말 한마디

쑥쓰러워서 쑥쓰러워서
살포시 내 가슴속에만 가둬두었던
사랑한다 사랑합니다 그 말 한마디
이제는 소리 내어 읊으렵니다.

# 새벽을 여는 기도 / 홍성길

어둠을 물리고 솟아올라
동녘 저편을 물들이는 여명이
천지의 새벽을 연다

어슴푸레했던 세상이 하나 둘
선명하게 눈에 들어올 때면
밤새 장막을 쳤던 내 작은 골방
비좁은 마음의 빗장을 연다

어제를 잘 살았음에 오늘을 만나고
오늘을 잘 살아야
또 내일을 맞을 수 있음이
지난한 인생의 이치임을 알기에

창틀에 내려앉아 온기를 지피는
고운 햇살을 마시며
새벽을 여는 기도를 한다
오늘도 절실함으로 묵묵히 살아가기를..,

# 아침에 안녕 / 홍성길

뛰고 뛰고 또 뛰어봐도
그 끝을 알 수 없는 인생이란 대지에
나를 앞서간 수많은 흔적들
굴곡진 삶의 무게만큼이나
깊게 패인 어지러운 발자국들

굽이굽이 돌고 돌아도
그 끝이 보이지 않는 인생이란 대지에
강물을 일렁이던 한 가닥 햇살도
길섶에 살랑이던 한 줄기 바람도
그냥 스쳐지나야만 될 사치였을까

아침에 안녕
그 우렁찬 인사 한마디에
지쳐 쓰러졌던 마음과 마음마다
열정의 불씨가 되살아나고
시련의 눈물로 얼룩진 사연은 지워지고
두 주먹을 불끈 다시 쥐게 한다.

# 시인 홍승우

## 프로필

- 대한문학세계 시 부분 등단 2018년
- 대한문인협회 회원
- 대한문인협회 경기지회 정회원
- [시를 꿈꾸다]문학회 운영위원
- (사)글로벌작가협회 사무총장

- e-mail jehuus8253@gmail.com

# 너와 나 / 홍승우

서로 사랑하라 하시었다
나는 너와
너는 나와
숨 섞으며 살라 하시었다
눈빛 마주치며 살라 하시었다

가슴에 메트로놈 하나 품고서

겨울바람 벽 없는 벌판에 홀로 서
마른 가지 부여잡고 문풍지처럼 떨면서도
남겨진 예리한 틈으로 외치라 하시었다

여름 장마에 산이 울고 바위가 구르며
날름대는 물결에 몸은 움츠러들어도
뽑히지 않는 들풀의 뿌리 되어 견디라 하시었다

봄 아지랑이 춤추며 마른 가지에 물길이 돌고
급하게 꽃 피고 안타깝게 꽃 지더라도
주먹 빠는 아가의 눈빛으로 순결하라 하시었다

가을엔
가을엔

낙엽 떨구고 열매 쪼이는 아픔에 몸 떨지라도
남김없이 내어주는 사랑 하라 하시었다.

# 물망초 / 홍승우

그리움도 쌓이면 내가 되어
흐를까

흐르는 그리움 곁

물망초 꽃으로
피고 싶다

파란 하늘 밑
그대 숨결에 흔들리는

# 연애 / 홍승우

봄날의 연애(煙靄)처럼
우린 연애(涓埃) 같을 지라도
서로서로 연애(憐愛)하여
단단히 포개진 연애(碾磑)처럼
변치 않을 연애(戀愛)할까요...

해석 )
봄날의 아지랑이처럼
우리 보이지 않을 만큼 작을 지라도
서로서로 불쌍히 여기며 사랑하여
단단히 포개진 맷돌처럼
변치 않게 그리워하며 사랑할까요...

317

# NiGHT / 홍승우


날마다 빛나는
태양이 있고,


날마다 빛내는
절망도 있다


거미줄에 걸린 손바닥들 오그라진 不眠의 밤을 비비며
얼어붙은 눈물을 녹이고 있다


흘러지나 가도록

# 뉴스를 보며 화가 날 때 / 홍승우

내딛는 걸음에 온전히 체중을 싣기에는
뒤꿈치는 너무 작고 발가락들은 늘 낯설다

그래, 걸을 때마다 잠깐씩

물러서는 발가락은 세우고
앞서는 뒤꿈치는 지긋하게

지구 위에 슬쩍 떠보자

허리를 세우고 어깨를 흔들며 멀리 바라보자
인도의 성자도 못하는 공중부양

착지일랑 잊어버리고
우선 중심만 잘 잡아보자

숨은 천천히 내쉬면서

# 달빛 드는 창

## 대한문인협회 경기지회 동인문집 / 제2집

2021년 7월 21일 초판 1쇄
2021년 7월 23일 발행
지 은 이 : 임숙희 외 50인

강보철 고기산 공영란 국순정 김금자 김선목 김양해 김인수 김종각
김풍식 남원자 노금영 문경기 문방순 박광섭 박기숙 박미향 박청규
배정숙 백영숙 사방천 서준석 송용기 신주연 신창홍 안선희 염경희
오필선 오현정 오흥태 이만우 이문희 이정원 이정은 이환규 임숙희
장금자 장동수 전경자 전상숙 전선희 정대수 정재열 정찬경 조순자
주응규 최명오 최상근 한천희 홍성길 홍승우

엮 은 이 : 임숙희
디자인 편집 : 이은희
기 획 : 시사랑음악사랑
연 락 처 : 1899-1341
홈페이지 주소 : www.poemmusic.net
E-Mail : poemarts@hanmail.net


정가 : 15,000원
ISBN : 979-11-6284-300-0